Anonymus

Der Mann hat Brüder

Eine Geschichte, silhouettiert in einem Trauerspiel in drei Akten

Anonymus

Der Mann hat Brüder
Eine Geschichte, silhouettiert in einem Trauerspiel in drei Akten

ISBN/EAN: 9783743397279

Hergestellt in Europa, USA, Kanada, Australien, Japan

Cover: Foto ©Andreas Hilbeck / pixelio.de

Manufactured and distributed by brebook publishing software
(www.brebook.com)

Anonymus

Der Mann hat Brüder

Der
Mann hat Brüder,

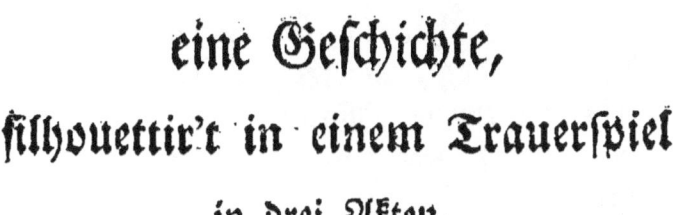

eine Geschichte,
silhouettir't in einem Trauerspiel
in drei Akten.

— Improbae crescunt divitiae. Tamen
Curtae nescio quid semper abest rei. —

Horatius.

Leipzig,
bei Christian Gottlob Hilscher. 1784.

Personen:

„Herr von Sternberg, ein Land-Edelmann.
„Ferdinand, ⎫
„Karl,   ⎬ dessen Kinder.
„Karoline, ⎭
„Herr von Erther, ein alter Husaren-Rittmeister.
„M. Perlberg, Pfarrer des Dorfes.
„Fritz, ein junger Officier.
„Frau Iskin, eine arme Wittwe im Dorfe.
„Jakob, ⎫
„Hannchen, ⎬ deren Kinder.
„Ein Bedienter.

Die Handlung geschieht auf'm Land-Guth
des Herrn von Sternberg.

Meinem

utem Vater

gewidmet.

Mein Vater,

So wie es die Gewohnheit unsers jezigen Zeitlaufs ist, unsrer ersten Pflanze, die wir auf diese Welt pflanzen, unsern Vater oder Mutter zum Tauf- Zeugen zu geben; so erwähle auch ich Sie, theuerster Vater, zum Pathen für diese erste Geburt meiner Muse. — Es geschieh't blos aus kindlicher Liebe,

die

die mir die kindliche Pflicht auflegt, —
aus Liebe gegen einen Vater, der mir
in allen Stükken so ganz gütiger Vater ist, und dem ich mehr zu danken habe, als meine Zunge ihm danken kann.
Lieben Sie mich fernerhin auch noch
mit der vorigen Liebe, so wie Sie stets
mit aller kindlichen Ehrfurcht verehren
wird

Ihr

gehorsamer Sohn
- - - - -

Erster

Erster Akt.
(Ein Zimmer)

Erster Auftritt.
Ferdinand allein.

Nun komme ich doch endlich der Erfüllung meines Projekt's näher, kann hoffen, daß einst Prunk und Pracht den großen Mann in mir verkündigen werden; denn Karl taumelt seine Henriette gewiß noch ins Grab. Der Junge ist viel zu empfindsam, zu liebetrunken, als daß er dieses alles sollte dulden können. — Wohl, fahr' hin Klotz, das mir so oft und sehr im Wege lag, auf dem ich zu meinen Glük wandern mußte. — Aber ist's nicht grobes Unrecht? - - - Possen! denk' dir dich Ferdinand, künftig in Pracht und Schimmer, als einen Mann, den alle Dummköpfe anbethen — und was da alles herrliches seyn wird: o dann müssen sie alle verschwinden die Grillen, und seh't! ein frohes Lachen schrekt sie auf, verscheucht entflieh'n sie meinem Gehirn. — (Lacht gezwungen) Wie sich so viele Menschen drängen um reich zu werden! ihre Geschäfte durchkreu-

zen

zen sich, und fast jede ihrer Handlungen zwekt dahin ab, einst sich viel vermögend über andre empor zu schwingen. Oft sieht einer sein Vaterland, Vater, Mutter, Bruder und Schwester — thränend blikt er noch einmal zurük auf die väterlichen Fluren, und — ach! nun steigt er in das Haus, das ihn über wütende, stürmische Fluthen in fremde Länder tragen soll, um da sein Glük zu bauen — aber das waren oft nur seine Gedanken — Fantome, die die fremde Luft zerstreu'te; er kehrt oft zurük leer — wie er ausgieng. Um reich zu werden bricht oft ein Narr die Thüren eines Reichen auf, entleer't seinen eisernen Kasten, und eine Minute — so ist er dahin und zappelt dann mit leerem Beutel am Galgen. — Ich aber habe einen herrlichen Weg, eben und gut; ich sezze mich in den Lehn=Stuhl, rede meinem Vater nach seinen Gedanken — und dann lokt er das Söhnchen immer mehr, muntert ihn auf, sich in andern Dingen auch wieder geschikt finden zu lassen. — So ist mein Lauf, und so werde ich den guten Vater gewiß bald aus dem Sattel heben.

Zweiter Auftritt.
Herr von Sternberg. Ferdinand.

Herr v. Sternb. Das war ein Tag! einer

ner von denen wenigen, die mir mein Leben
nun noch so erträglich machen; denn die Zeiten
sind schlecht, schlecht, daß man Blut weinen
möchte. — Denk' dir, Ferdinand, das Korn
ist mein Seel'! wieder um vier Groschen ab-
geschlagen. O ich möchte toll werden. So
im Kreise einer ziemlich großen Familie, deren
Jedes doch essen will, und - - - und - - -
ach! die unseligen Schlosen, die haben wieder
viel Unglük bereitet.

Ferdinand. Sie nennen diese Zeiten schlecht,
und doch sehe ich nicht ein: warum? Mahlen
Ihnen auch Ihre Grillen selbige schlecht, denken Sie doch, es lebt ja noch ein Gott, der
gut ist. —

Herr v. Sternb. Das wol, mein Sohn,
das wol; aber die Zeiten sind doch immer schlecht,
Unglük genug für einen armen Mann, der Kinder hat. — Wo will's denn endlich noch hin-
aus? Du denkst nur noch so in der Oberflä-
che, tief komst du nicht. — Geh' nur so fort,
unbedachtsam und unsorglich auf diesem Wege,
und gewiß, wenn du ihn ausgewandert bist:
da steh't der Bettelstab, den du noch als Stü-
ze ergreifen kanst, ergreifen mußt. — Denk dir,
was das nachdem für eine bittre Folge ist, auf
dem vorhergegangenen prächtigen Lebens-Wan-
del! —

Fer-

Ferdinand. Nun mein Seel'! unsre Wirthschaft läßt mich das eben nicht fürchten, sie ist so
gemächlich, daß sie schon ziemlich scheint, als
würde sie vom Geiz gewirkt; und doch schäzt
man Ihr Vermögen in der ganzen Gegend so
groß, daß man Sie anstarr't und neidisch davon
redet. — Glauben Sie nur, Papa, Ihr gefüll-
ter Schreibeschrank, die alten Köpfe, und das
gelbe Mark der Erde, das Sie besizzen, macht
mir Muth, und muthig zag' ich, mein Seel'!
noch nicht für den tödenden Hunger. —

Herr v. Sternb. Donner und 's Wetter!
was sind das für Leute! arme Karrikaturen von
gesunden Menschenverstand'. Ich, reich? Himmel! ich reich? - - - und du, mein Ferdinand,
der du doch sonst immer mit geradem Blik auf 's
Wahre und Eigentliche eines Dinges bliktest, du
kanst izt auch so schief ausblikken? — Gerechter
Himmel! ich reich! Element! so sind alle Menschen, die nicht am Bettelstab' von Thür' zu Thür'
wandern, reich. — Solche scharfsinnige Dummköpfe sollten nur einmal in meinen Wirkungskreiß
seyn, und gewiß, sie würden sehen, daß ich mit
allen Kräften arbeiten muß, um nur dem gänzlichen Untergange zu wehren. —

Ferdinand. O so werden Sie doch nicht
bei Ihrer Sparsamkeit auch noch ein Heuchler!
Warlich, Sie spielen eine Rolle, die dem Zuschau-
er

er lächerlich werden muß, wenn sie es ihm nicht
schon ist. — Doch die Reise. Gut, alles gut!
nicht so.

Herr v. Sternb. (verdrüßlich) Je ja; aber
wenn mir nur die verfluchte Nachricht vom Ab=
schlag' des Getraides nicht einen so groben und
schwarzen Strich durch meine Rechnung gemacht
hätte! Es möchte alles noch seyn, nur die ver=
dammten Schlosen! - - - Doch, sie können noch
viel Glük wirken, vielleicht erheben sie den Preis
des Getraides; aber der Schade bleibt mir doch,
haben sie mir nicht meine schönen Feldfrüchte so
viel vernichtet? - - - O ich armer Mann! sieh',
auf allen Seiten dräng't sich widriges Geschik auf
mich zu. — Auch so gar die Kinder! - - -
Dein Bruder Karl mußte gewiß recht mürrisch
gegen seinen guten, armen Vater gesinn't seyn,
als er sich in das Mädchen verliebte, als er den
Gedanken, sie zu heyrathen, ausbrütete. — So
ein armes Mädchen! sind das nicht wunderli=
che Sachen! - - -

Ferdinand. Sie haben aber doch alle Po=
sten angestell't, wie sie gut und dienlich sind?

Herr v. Sternb. Alles, sey ohne Sorge!
spiele du nur deine Rolle dabei meisterhaft; izt
will ich gehen und dem Verwalter sagen, daß er
keinen Scheffel Korn verkaufen soll, weil es so
wohlfeil ist; vielleicht ändert der güt'ge Himmel
die

die Zeiten, die einen, nach der Armuth so ganz hinschwankenden Mann niederdrükken. — (ab)

Dritter Auftritt.

Ferdinand allein.

Geiz! Geiz! o du verfluchte Habsucht! Zu was für Handlungen und Wünschen macht sie uns fähig! zu Wünschen, die wir oft auf Kosten unsrer Nebenmenschen, wünschen. — O daß es doch mein Vater ist! - - - Aber er schien mir ganz umgeändert zu seyn; erstlich war er so wankend bei der Bildung unsers Projekt's, und nun auf einmal wieder so fest. Das ist mir unerklärlich. Die leichteste Wetterfahne auf'm Dach, die auch schon ein Zephyr rükken kann, kann unmöglich so wankend seyn, als die Gedanken, die die Vernunft meines Vaters wechselsweise so oft durchkreuzen. — Ein einziges Grillchen, wenn es durch sein Gehirn fähr't — o so sind auch schon seine ganzen Gedanken auf dem Sammelplazze, und nun geht es unter dem Commando der Vernunft wider diese Grille zu Felde; da dräng't sich jedes, sich empor zu schwingen, welches denn nun den besten Nuzzen verspricht, das trägt den Sieg davon, und nun eil't er auch sogleich zur Auslieferung. — Ein Schritt — so machen ihn schon wieder zehn andre Grillen der ersten vergessen; und so ein Wirrwarr läßt ihn nun

nun freilich nie zur Ausbildung, vielweniger zur Ausübung eines Projekts kommen. — Dem, der das Glük hat, als Unterhändler dabei zu dienen, wird denn nun oft ein Ekel und Verdruß geform't. — (Eine Pause, unter der er im Zimmer auf und niedergeht; endlich bleibt er vor der Silhouette seiner Mutter, die an der Wand häng't, stehen; dann) Du ruhest nun schon im Schoose der Erde, gute Mutter! - - - solltest du alle die Unterhandlungen, die Geschäfte, die - - - - wäre es wohl zu hart, wenn ich sagte: die ungerechten Handlungen? — o solltest du dies alles izt so mit ansehen, gewiß, ruhtest du nicht izt schon entfernt von allen diesen Dingen, gewiß, so würdest du izt aus Gram und Betrübniß sterben, und dann könnte ich in ziemlicher Betrachtung dein Mörder seyn. — — Izt zum erstenmal denke ich mit Gleichgültigkeit an deinen Tod, den ich so lange bewein't habe, dessen bittern und herben Nachzug ich schon so oft empfand. — Als einen Unmenschen würdest du mich verabscheu'n, betrübt würdest du seyn, mich unter deinem Herz' getragen zu haben. — Doch, nicht eine Sache ist die Triebfeder, die mich hier so handeln macht, nicht blos die Vortheile, die ich dadurch von meinem Vater ziehe, nicht das Geld allein; — nein, eine noch wichtigere, ach! eine, die fast unwiderstehbar ist, die sich ohne meinem Willen in mich gepflanz't hat, eine Sache, die mich einigermaßen entschuldigen kann, mich, der ich izt so unmenschlich zu handeln scheine. — (ab)

Vier=

Vierter Auftritt.

Karoline (legt einige Kleinigkeiten in Ordnung,
sezt sich endlich und dann)

O des jammervollen, des trüben Tages! Sein
Dunkel zeichnet sich in meiner Seele noch, macht
mich so ganz empfinden die trüben Folgen, die er
meinem armen Bruder schaft. — Trübes Ge-
wölk, das am Himmel schwebt, — aber mehr ist
das Dunkel, das meine Seele umhüllt, Dunkel,
das mir der Jammer, den dieser Tag gebahr,
schuf. — Ach, die Leiden, die sein warten! wird
der gute Junge sie dulden?. wird er sie dulden können? - - - sein Gefühl läßt mich fürchten, daß er
nicht eher an das Ziel derselben kommen wird, bis
er ihm nachgewelk't ist dem Stabe, der ihm zer-
knik't entsank. — Wer ist aber Schöpfer aller dieser Leiden? - - - ha! Menschheit! - - - ein Vater,
ein Bruder! — ein Vater, den er ehr't, liebt, wie
Pflicht ihm dem Sohne befiehlt, dem er in Gefahren sein Leben willig opfern würde; — ein Bruder, dem er so ganz Bruder ist. — O des unseligen Gedankens! ein Vater! ein Bruder! - - -
Wie gern verscheuchte ich ihn; aber er dräng't sich
mit all' dem Grausamen, das er fühl't, in meine
Sinne; denken muß ich ihn, und er ist Wahrheit.
— Ich fühle ihn noch ganz den Eindruk, den seine Worte auf mich machten, die er mir zuwimmerte: „Schwester, es ist schreklich, sie starb
„und

„und ich soll noch gehen auf dem Pfad',
„der mir ohne sie so einsam seyn wird. —
„Entreisse einer schwachen Blume ihren
„Stab, und gewiß, sie wird schon im Mit=
„telwinde sinken. — " Seine Gefühle kämpf=
ten einen harten Kampf, als er dies sprach in je=
ner bangen Stunde, da wir die Sterbeglokke tö=
nen hör'ten, unter deren dumpfen Getöne man sei=
ne Henriette begrub; lange noch wird sie ihm in
seiner Phantasie nachtönen, und lange noch wird
ihn der Jammer, den er dabei empfand, immer
neu beängstigen. — O kehrte doch bald die alte
Ruhe in seine gute Seele zurük! — aber ist's nicht
thöricht Unmöglichkeiten zu wünschen? gewiß sein
erster Ruhetag ist sein Sterbetag, und das Dun=
kel, das seine Seele umzogen hat, wird sich nicht
eher zerstreuen, bis sie sich ihrer Hütte entschwin=
gen wird. — (Eine Pause) Ha, Mutter, du lä=
chelst im Bilde dort, du schweb'st in jenen Höhen
— sähest du die Leiden, die deine Kinder dulden,
wüßtest du den Jammer, — gewiß dein zartes
Mutterherz — aber du moderst schon lange, du
Gute! - - -

Fünfter Auftritt.
Karoline. Karl.

Karl (der seiner Schwester um den Hals fällt)
Meine Schwester! mir Alles! o dein Jammer. --
gewiß,

gewiß, du duldeſt die Hälfte meiner Leiden, und das Leben vermehr't ſie, macht ſie bitter. — So ein gutes Geſchöpf — um einen Bruder, der ſie, ſeine Schweſter, aus Pflicht liebt! — Was für Vortheile ſchaft's mir, wenn du mit mir trauerſt? iſt mir's Linderung meines harten Schickſal's? Es ſind nicht die Bande, die Geſchwiſter binden, ſo ſtreng, daß ſie den Untergang einer Schweſter an den Tod eines Bruders knüpfen. — Beklagen nur, gute Seele, beklagen nur ſollſt du deinen ar= men Bruder.

Karoline. Du biſt wehmüthig, Armer! ha, Bande, die uns binden — ſezze ihnen nur Gren= zen, beſtimme nur ihre Macht! ſie ſind unwider= ſtehbar, es ſind Bande des Gefühl's, der Liebe; und dieſe laſſen ſich nicht nach Willkühr einſchrän= ken. — Ich kenne den Sturm, der ſo wütend auf dich losſtürm't, genug. Ach, der Seufzer Fülle! erfüllte der Schöpfer nur die Wünſche ei= nes einzigen, gewiß die Glüklichſten würden dich um dein Glük beneiden; — aber - - - o daß de= nen Seufzern, die ich darum zu Gott ſeufze, noch ſo viele folgen!

Karl. Sey ruhig, Schweſter, murren ge= gen den, der uns ſchuf, machte uns nur noch ver= dienter des Unglüks, das er uns zuwog'. — Sieh', der Gegenſtand, auf den die Stürme los= ſtürmen, wank't ja nicht, duldet es gern. (Ein ge= zwungenes Lächeln)

Karo=

Karoline. Und wird bald sinken bey der wütenden Fortdauer des Sturm's. Dein Lächeln ist so trübe, so gezwungen wie die Sonne am Tage, den düst're Wolken einmal trübe gemacht haben; sie blizt aus düstern Wolken hervor und scheint Heiterkeit des Himmels zu verkündigen, — aber bald verhüllt sie sich wieder in Dunkel. — Zürne nicht, Bruder, daß ich mit dir traure: dir starb das Mädchen, das du liebtest, und mir eine Freundin, eine Gute, deren Verlust uns Beiden traurig seyn muß. — Denk dir aber, wer sie uns entzog! - - - Ein Bruder, der so viel dazu beitrug'; wär' er wohl ungerecht der Haß —

Karl. Ein Bruder, der mir nicht so hassenswerth zu seyn schein't; er gehorchte dem Willen und Befehlen eines Vaters — und dies ist mir schon genug, ihn nicht auf die niedrigste Stufe der Menschen herab zu sezzen; — und dann, ist er nicht mein Bruder? - - - vergeben muß ich ihm, darf ihn nicht richten, da das Recht, dieses zu thun, blos auf ein höheres Wesen eingeschränkt ist. —

Karoline. Ja, als Geschwister ist's uns Pflicht ihm zu vergeben, allen Haß zu entfernen. — Aber daß er einem Vater, der übel handelte, nachhandelt, daß er seinem bösen Beispiel folgte: dies kann ihn nicht entschuldigen.

B   Karl.

Karl. O ja, einigermaßen kann es ihn recht gut entschuldigen, wenn man auf die Liebe, mit der er ihn, seinen Vater, verehrt, Rüksicht nimmt; denn diese ist sehr groß. Die Handlungen aber, die einer für oder auf eine Person handelt, die er liebt, sind doch gemeiniglich, stets will ich nicht sagen, denn hierüber habe ich noch nicht gehörig nachgedacht, in einem Grade, der dem Grad' der Liebe, die er für ihm fühl't, angemessen ist. — — Die Gegenachtung desjenigen, den er lieb't, oder vielmehr die Furcht für dem Verlust derselben treibt ihn an, die Handlung für oder auf ihn kräftig zu würken, und in dieser gewissen Hastigkeit, mit der er sie würkt, siehet er gern und leicht über die Einwürfe weg, die ihm etwa die Vernunft entgegen stell't. —

Karoline. Ist's aber recht, daß er aus Liebe zu einen Einzigen alle Liebe und Achtung gegen andre, die auch seine Nebenmenschen sind, verbannet? - - - Wenn er jene oft über diese emporschwingen läßt, dies ist wol zu vergeben; allein die ganze Unterdrükkung —

Karl. Eben dies ist bei unserm Bruder Ferdinand der Fall. — Er lieb't uns als seine Geschwister mit einer Zärtlichkeit, deren Größe ich nicht bestimmen mag — genug, er lieb't uns. — Nähr't er aber die zu seinen

Vater

Vater mehr, als die zu uns, so erfüll't er sei=
ne Pflicht. — So ein Mensch hat in meinen
Augen auch nicht den schwächsten Schein eines
hassenswerthen Menschen. —

Karoline. Bruder, deine Denkart ist mir
unerklärlich; — aber gut ist sie, das zeigen alle
Würkungen derselben. Karl, wie hoch ist der
Mensch gestimm't zum Unrecht! - - - Suche in
mir nicht die allzugute Seele, die mir deine war=
me Liebe anschuf, du findest ein schwaches Mäd=
chen; aber du wirst mir vergeben, das Süße der
Rache schuf mir diesen schlechten Gedanken, mir,
einem Mädchen — — Vergieb Bruder und laß
uns alle Vorwürfe verscheuchen, laß uns sie, die
Schöpfer unsers Unglüks, lieben wie zuvor, laß
uns nicht durch unterlaß'ne Pflicht der Ehrerbie=
tung strafbar werden! —

Sechster Auftritt.
Friß. Vorige.

Friß. Element! des Mars Macht unter den
Göttern muß groß seyn, kunstvoll genug mag er
seyn, denen andern Herrn Assessoren in der Göt=
terversamlung die Augen zuzudrükken. — Nun
werd' ich nicht mehr kommandir't, sondern ver=
richt' dies, schon mein Jugend = Lieblings = Werk
selbst. Ha! nun funkelt mein Degen, macht mich
schon von fern den Kerls furchtbar; kurz, ich bin

B 2, Lieute=

Lieutenant. Mein Seel'! dacht's auch schon, als
ich die Jungen, da ich noch ein Bube war, im
Dorf herumtummelte; sagte immer zu mir selbst:
Fritz, du glänz'st gewiß einst an der Spizze eines Regiments — und Fritz ist kein Narr; ihr
seh't 's, mein Projekt macht Schritte. Als Lieutenant trift mich gewiß noch keine Kugel. —
Gott geb nur Krieg! Krieg ist die Hebamme vieler tapf'rer Officiers, die ihnen Ehrenstellen zur
Welt bring't. — Aber mein Seel'! will kein Officier nur so pro Forma seyn, wie manches Lämm-
chen, das der Vater mit Gewalt aus der Mutter
Schoos ins Getümmle getrieben hat; dem jede
Nerve zittert, wenn man nur vom Krieg' lall't,
und das sich angstvoll in Schoos seiner lieben
Mama zurük wünsch't, wenn es nur ein Gewehr
knallen hör't; denn da denk't es sich schon die
Schlacht, die Kugel, die es treffen kann, die
Schmerzen, den Tod, und, Gott weiß, was da
für Zeug so ein schwaches Gehirnchen durchkreuzen mag. — Solche Menschen sollen ihre Schande an mir sehen. Element! wie soll da mein Degen funkeln! Viele sollen seufzen über Fritzens
Kunst, so gut zu treffen. — Ha! besser soll mir
das Gewins'le derer, die ich tödete, klingen, als
eure Concerte, Lieder und all das Gewins'le. —

Karoline. Pfui, Fritz! zuvor staunte ich
nur über Sie, nun hasse ich Sie gar; Ihre lezten Worte schaffen Ihnen meinen Haß.

Fritz.

Fritz. Ha, ha, Mädchen, du spielst ein gutes Clavier, sing st troz einer Nachtigall - - - und das ist mir schon genug, mir deinen Haß zu erklären. — Ich nehm's im Ganzen, versteh' mich recht, Närrchen!

Karoline. Das Ganze besteh't aus Theilen; Sie beleidigen also auch die einzelnen Theile. — Aber ich nehm' das nicht als Beleidigung. Sie haben ein Vergnügen am Unglük Ihrer Neben-Menschen — das ist es - - -

Fritz. Hast ja auch eine Schürze, und ich wär' ein Thor, wenn ich zürnte. — Kannst das Süße eines Helden, wenn er tapfer ist, nicht empfinden. — Denn sieh', wenn der Soldat im Krieg' viel tödet, erfüll't er seine Pflicht, ist 'n braver Kerl. — Element! dafür füttert ihn ja sein Fürst. — Im Frieden kann er küssen, versteh'st mich? - - -

Karl. Aber die Geschichte deines Avencements, Fritz.

Fritz. Ist kurz; denn wenn ich dir sage, daß Füchse abgeschik't werden, die mich zu den Mann, der ich nun bin, machen sollten; so habe ich dir die ganze Sache weitläuftig genug erzähl't. — Papa's Gnaden war überaus geschäftig, daß ich bald in Statu quo seyn sollte; denn zum Pfaffen unsers Dorf's sagte er einst, da dem alten Graukopf' eben eine Flasche recht wohl behagte, und

da

da er gewiß um die zwote Engel und Teufel ab=
geschworen hätte: möchte gern den Jungen bald
in der Uniform sehen, möchte gern, daß der Wild=
fang zehn Meilen von hier und nicht in meinem
Schloss' herumtummelte. — Aber gewiß, Pa=
pa's Gnaden weiß entweder nicht was Geist und
Muth ist, oder er hatte eben mit dem trunkenen
Schwarzrok gewetteifert. — Meine Equipage
wurde auch bald besorg't, viele alte Köpfe wur=
den aus ihrer langen Gefangenschaft erlöset, denen
ich dann nun auch mit Rath und That beistehen
will, daß sie sich nunmehro in der Welt umsehen
können; die Mama weinte, Papa's Gnaden aber
lachte ihrer Thränen, und erinnerte mich aufzusiz=
zen, weil, sagte er, die Fliegen das Pferd entsez=
lich quälten. — So gieng 's denn fort ins Getüm=
m'le, das gewiß mein bedarf, da so viele unschul=
dige Schäfchen unschuldig zitternd in selbigem her=
umtrappeln. —

Karl. Hab nur Acht, Fritz, daß dich diese
Lämmerchen nicht zu Boden treten in ihrer Angst.—

Karoline. Und weinen dürften Sie dann
auch nicht, denn da würden Sie gewiß Ihres vo=
rigen Gepolters lachen.

Fritz. Aber die Thränen, die ich über eure
unbesonnene Dummheit weinen möchte, wären ge=
wiß nicht lächerlich; — doch ich verbinde gern
Großmuth mit Tapferkeit, — Ihr habt völlig
meine

meine Vergebung. Ein Glaß Quitten=Liqueur
auf die Hizze - - -

Karoline. Eile ich sogleich zu holen. (ab)

Friz. Schön gedacht, Mädchen. Hol'
mich! - - - das wahre Bild einer Grazie; schen=
k't mir Mars einst eine Compagnie. - - - - Eine
Neuigkeit — Fräulein Henriette ist tod, harr't
auch schon im Grabe ihrer Verwesung; — war
ein Kern=Mädel, fischte auch einmal nach ihr, sie
biß auch schon an, 's hat mir sie aber so ein
Blitzkerl weggekapert, und dem zu Liebe soll sie
am Liebes=Fieber gestorben seyn. — Kennt' ich
ihn, er sollte unter meiner Faust zittern wie ein
Espenlaub, — gewiß er sollte ihr nachtaumeln;
aber er steckt im Loche.

Karl. (bestürzt) Geschäfte ruffen mich ab,
verzeih'! bald bin ich wieder bei dir. Dort
kömmt mein Bruder, der wird dich unterdessen
unterhalten. (ab)

Friz. Rüch' schon Ihre parfumirte Süssig=
keit von fern; ein ganzer Apotheken=Geruch,
Element!

Siebenter Auftritt.
Friz. Ferdinand.

Friz. Wie ein Kerl, den Bär am Strik, den
Dudelsak unter dem Arm' — und so durchs Land—

B 4

mit

mit so einer kümmerlichin Miene machst du mir
unbegreiflich, daß du noch der alte Ferdinand seyst.
Element! kein Teufel sollte mich dessen überreden,
wenn nicht die süssen Wohlgerüche - - - -

Ferdinand. Punktum! - - Ein braver
Kriegsknecht im Kleide; — wirst aber auch bald
durch eine Probe meinen Zweifel vernichten können, durch eine Probe, ob du tapfer oder nur so
ein Staats = Officier sey'st? - - - Die Zeitungen
lassen — kurz der Krieg, das sag' ich dir, Krieg
ist vor der Thür'. —

Friß. (erschrokken) Krieg? Element! glaub's
nicht, unser König ist viel zu weise, seine Leute
sind ihm zu lieb. — Krieg? hm! nun so wär'
auch der Weg für mich zum Capitain gebahn't;
aber doch wünscht ich's nicht, denn ungerecht wär'
dieser Wunsch aus einer doppelten Ursache. —
Erstlich: der Krieg ist den meisten Menschen Quel-
le vieles Unglük's, denn Wenigen nur ist er Bahn
zum Glük, und doch immer sehr gefährlich. —
Zweitens: Der Thränenfluß und die Angst meiner
Eltern über die Gefahr, die dann über mich im
Haufen schwebte. — Gieb Acht, die Zeitungen lü-
gen, so wie sie uns schon oft in Furcht und Hof-
nung getäusch't haben. —

Ferdinand. Ein weiser und guter König,
der mit warmer Vaterliebe sein Land beherrsch't,
den sonst nie ein Seufzer seiner Unterthanen bei
Gott

Gott anklagte, — kann doch zum Krieg genö=
thiget werden, wenn ihm der andre Regent sein
Recht entzieh't; — und ist dies: gewiß, so scha=
den ihm keine Seufzer, die Viele, die ihn ins Feld
nachziehen müssen, über ihn seufzen. — Ein bra=
ver Soldat greift dann muthig nach seinen Waf=
fen und streitet tapfer unter der Fahne seines Kö=
nig's; läßt seine tapfre Seele nicht durch Mut=
ter = Thränen erschlaffen, frag't nicht nach Ruhe,
nach guten Tagen ; sondern streitet gern aus Liebe
und Pflicht, die er seinem König zu opfern schul=
dig ist. — Sieh', so raisonnir't ein Mensch in
Seide gehüll't, und du in König's Uniform
blikst drüber weg und kehrtest lieber beim Klan=
ge der Waffen in der Mutter=Schoos zurük. —

Fritz. Das nicht - - - aber der Krieg ist
doch immer eine gefährliche Sache, und das
tapfere Werkzeug desselben ist zu schäzzen,
weil es sich so vielen und großen Gefahren für
seines Vaterland's Freiheit oder Nuzzen unter=
wirf't; — und sezzen dann nun vollends Sol=
daten vom Range, Officiers so ihr Leben an
die Spizze - - - -

Ferdinand. So ist 's eben die Sache, als
wenn ein niedrer unter dem Kommando dies
thut. — Keine Ausnahme, kein Unterschied,
kein Vorzug ist hier gegründet und gültig. Je=
ner: der Officier, ist tapfer aus Pflicht und

B 5   Liebe

Liebe für sein Vaterland zugleich mit einander
verbunden; nicht Adel und vornehme Geburt
machen ihn zum Helden, sondern Muth, und
da ihm stets die Pflicht, die er seinem Vater-
lande zu opfern schuldig, heilig ist. Kömm't
dann noch die Liebe zum Vaterland dazu; so
ist dies eine noch stärkere Triebfeder, macht Be-
schwerlichkeiten leichter, und scheuch't das Unan-
genehme bei Erfüllung dieser Pflicht weg. —
Dieser: nicht niedre Geburt, nicht die Abstam-
mung aus der Bauerhütte macht es ihm unmöglich, tapfer zu seyn: also findet hier kein
allgemeiner Vorzug statt. — Jeder streitet als
Soldat, als Vaterland's Wohl Vertheidiger,
und keine Ahnen, kein Vermögen, kein Stand
giebt einem tapfern Krieg'smann' im Felde einen Vorzug vor dem andern braven und tapfern Soldaten. —

Fritz. Darinnen muß ich dir zutreten; aber
folgendes wird dem tapfern Officier einen Vorzug schaffen können: der gemeine Soldat erfüllt,
wenn er tapfer ist, gezwungen seine Pflicht, er
wurde oft mit Gewalt zum Haufen, der für's
Vaterland streitet, getrieben; der Officier sezt
sich freiwillig den Gefahren aus, er verachtet
die Ruhe, die er geniessen könnte, und geht ins
Getümm'le.

Ferdinand. Wenn der gemeine Soldat
nicht

nicht aus Verzweiflung tapfer ist, sein Leben nicht an die Spizze sez't, um durch den Verlust desselben an das Ende seines Ungemachs, das er sich als Qvaal denkt, zu kommen, sondern ihn Liebe zum Vaterland tapfer macht; so verliert er dadurch immer noch nicht's. —

Friz. Oft ist dieses der Fall. —

Ferdinand. Das verdient aber nicht Tapferkeit, sondern Tollkühnheit, dumme Verwogenheit genennt zu werden; und derjenige, der sich muthwillig in eine Gefahr stürzt, da es unmöglich ist, selbiger zu entkommen oder über sie zu siegen, ist nicht tapfer. — Ein andrer Fall ist's, wenn er sich schon im Haufen befindet, und, um sich durchzuschlagen, tapfer ist. Dies ist er sich selbst als Mensch, und seinem König als Soldat schuldig; — sich das Leben, und seinem König einen Mann zu retten.

Friz. Du im Schlosse als Landjunker mit solchen Gedanken machst mich glauben, daß nicht blos die Uniform den Mann, den sie umhüll't, zum tapfern Helden macht; ach! es sind andre Wege, die er, wenn er tapfer seyn will, wallen muß. — Izt geh' ich und suche deinen Bruder auf, der Junge philosophirt mir izt so, und gewiß er philosophirt sich endlich zum Narren. (ab)

Achter

Achter Auftritt.
Ferdinand allein.

Gott sey seiner armen, zitternden Seele gnädig, wenn er einst mit ins Gefechte soll! Mit
vollem Munde prahlen solche Leutchen im Markt-
schreier-Ton im Frieden, aber klingen dann die
Waffen, so ergießt sich ihr volles tapferes Herz,
in einen milden Thränenfluß — je nun ja, es
sind Mitleids-Zähren, die sie denen armen Unglüklichen, die sie tod schiessen oder stechen, weinen
— Die guten Mitleidsvollen Geschöpfe! ---

Neunter Auftritt.
Vorigen. Herr von Erther (und einige Zeit darauf) Herr v. Sternberg.

Herr v. Erther. O des Mannes! tob't
und wütet, wenn endlich einmal armen Unglüklichen ein glüklicheres helles Licht scheinet; — beim
Abschlag des Getraides, ohne dem gewiß viele
würden umgekommen seyn — und noch mehr —
flucht mürrisch darüber, selbst im Besitz eines
grossen Reichthum's. — O Mensch! Mensch!
Geiz! Geiz! verfluchter Uibel-Stifter! - - - -
(zu Ferdinand) O ihr Vater — was für ein
Mann ist er!

Ferdinand. (zukt die Achseln) Launen und
Grillen eines Menschen umzustimmen, ist, deucht
mich,

mich, eben so schwer, als dem Bären eine andere Stimme zu geben. Es ist seine Laune, und (mit bedenklicher Miene) man thut besser, wenn man ihn in selbiger gehen läßt, als wenn man ihn davon ablokken will. —

Herr v. Erther. Mein Seel, eine trefliche Laune! tauglich für jeden Menschenfeind, der lieber den Bissen Brod's, den er nach gestilltem Hunger übrig behielt, in der Tasche verdorren läßt, als ihn dem armen Hungrigen, der ihn darum bittet, giebt. —

Herr v. Sternb. (kömmt mit mürrischer Miene) Das ist ja unverschämtes Bettel = Gesindel. — Was helfen die Hospitäler und Arbeits = Häuser? Da sieht man's, das Bettelvolk stürm't doch noch, wo man geht und steht, in einen hinein. Ja wer ein Narr wäre und ihrem Geheul sogleich mitleidiges Gehör gäbe — der könnte ihnen bald selbst Gesellschaft leisten müssen. Fort mit dem Gesindel, sag' ich, arbeitet — da habt ihr mein Rescript auf euer Memorial. —

Herr v. Erther (unwillig) Sag' mir nur, ob dein Herz sich immer mehr verhärtet? Unbarmherziger! Ich begreif's nicht. Dein Verstand selbst muß nicht mehr so ganz richtig seyn; denn wenn du nur ein wenig nachdächtest: du müßtest finden — o so überleg 's doch!

Herr v. Sternb. Hab's schon genug überlegt — hin und her — und hab' gefunden:

daß

daß ich dadurch am Ende vollends zum Bettler
würde. —

Ferdinand. Aber ich dächte doch, bester
Vater, eine Ausnahme bei der guten armen Witt=
me — Sie könnten dann immer wieder unan=
stößlich in Ihrem Plan fortgehen. —

Herr v. Sternb. So ein Weib verdient
gar kein Mitleid. Ihr voriger Zustand war
prächtig und glänzend genug: daß sie dem nun=
mehro erfolgten Elend hätte vorbauen können.
Sie hatte ein wichtiges Guth, und Geld ge=
nug — aber das ist nun alles zum Teufel.
Wirthschaft, sag' ich, auch in den besten Um=
ständen, treibt immer die Nothdurft zurük. —
Ach! ich will mich verschanzen.

Ferdinand. Wol wahr, die Leute waren
in treflichen Umständen; aber sie, die gute Frau,
ist nicht selbst an ihrem nunmehr erfolgten Elend
schuldig. — Wenn ich die Ursache desselben be=
stimmen sollte, so würde ich es auf einer Sei=
te der Hand Gottes, der ihr das Guth durch
Feuer entzog, zuschreiben; und auf der andern
Seite ihrer allzugroßen Milde und Freigebigkeit
gegen Arme. — Gern theilte sie mit Hungri=
gen ihr Brod, und gern half sie Dürftigen
aus ihrer Noth. — O so seyn Sie doch auch
edel gegen sie, und erlassen ihr doch wenigstens
nur ihre Schuld - - -

Herr

Herr v. Sternb. Auch keinen Kreuzer, das sag' ich, und gewiß, ich sag's nicht nur. — Entweder, ich hab's ihr auch gesagt, sie bezahlt mich morgen, oder ich laß sie ins Gefängniß bringen. — Hier hilft kein Wimmern, kein Geheul. — Das Bettelvolk! ja da wäre Mitleid angewendet.

Herr von Erther. (sucht seinen Unwillen zu verbergen) Wie viel beträgt die Schuld?

Herr v. Sternb. Drei Thaler, fünf Groschen und sechs Pfennige, mit denen Interessen; auch kein Heller geht ab.

Herr v. Erther. (nimmt seine Börse heraus und legt das Geld auf den Tisch) Hier, um dich nicht so tief, bis zur größten Unbarmherzigkeit herabsinken zu lassen, zahl' ich dir das Geld. — Nun lasse mir aber die gute arme Frau ungeschoren. Ferdinand, ich säh's gern, wenn Sie mich begleiteten.

(geht mit Ferdinand ab.)

Zehnter Auftritt.

Herr von Sternb. allein.

Nunu, deine Gütigkeit und Großmuth auf diese Art gefällt mir, denn von dem Weibe würde

ich'

ich's schwerlich erhalten haben. Bin dir deswegen nicht bös, alter Narr. Wenn er wollte, er könnte noch mehrere mit seiner Großmuth aus dem Gefängniß erlösen. — Doch, ich muß ihm nachschleichen, er verrükt sonst meinen Kindern mit seiner abscheulich grossen Großmuth die Köpfe, so, daß vielleicht mein sauer erspartes Vermögen bald unter dem Bettelvolk herum fliegen könnte. (ab)

Ende des ersten Akt's.

Zweiter

Zweiter Akt.

(Noch das Zimmer)

Erster Auftritt.

Ferdinand. Karl.

Ferdinand. Du bist dir, lieber Karl, allerdings die Erhaltung deines Lebens schuldig als Mensch, und alles, was du diesem widriges handelst, ist ungerecht. Das aber ist dein so immerfort dauernder Trübsinn, du hängst ihm zu sehr nach, scheuch'st alles, was ihn mindern könnte, als ein Menschenfeind von dir weg. —

Karl. Der Mensch hat doch immer von dem Falle, in dem er sich nicht selbst befindet, einen falschen Schein, der entweder nur schwache Skizze oder zu starkes Kolorit ist. — Dir, lieber Bruder geht nur so ein schattiger Riß meiner Leiden vorüber, du urtheilst zu leicht, denn du duldest sie nicht selbst. Verdamme mich dahero nur nicht zum ungerechten Menschenfeind. Zur Aufnehmung der Erdenfreuden ist meine Seele zu sehr verstimmt; — spiele auf einem ungestimmten Instrument die herrlichste Komposition, du hörst doch ein schlechtes Stük.

Ferdinand. Ich wünschte herzlich, dich bald am Ziel deiner Leiden zu sehen; nur must du dir selbst ein viel beitragender Theil zu deiner Ruhe seyn. - - -

Karl. Ha! wie sinkend matt würde in der Wagschaale die Kraft der Erdenfreuden gegen die wütende Kraft meiner Leiden seyn! Eben die Wirkung, die eine matte Kugel auf einen steilen, harten Felß macht. — Was wirkt ein sanfter, trillender Ton auf unser Gehör beim fürchterlichen Getöse der Löwen-Stimme? - - - es bleibt nur ein sanfter angenehmer Ton für demjenigen, der ihm nah, und vom Brüllen des Löwen entfernt ist. —

Ferdinand. Und ist ihm die Stimme angenehm, so wird er sich gewiß dem Getöse des Löwen sich zu entschleichen, bemühen, wird Neben-Wege dazu aufsuchen. —

Karl. Ist aber das Thier wütend, so wird es den Entrinner gewiß verfolgen.

Ferdinand. Pflicht ist's ihm doch wenigstens zu versuchen, und sich, so viel es die Kräfte erlauben, zu bemühen, zu erlangen; es ist ihm Pflicht, die ihm seine Wünsche nach dem Ziel selbst auflegen. Er blikt mit heissen Wünschen nach dem Ziel hin, und bleibt doch immer auf dem Punkte, von dem er ausgehen sollte, stehen. — (ab)

Zwei-

Zweiter Auftritt.

Karl allein.

Das treu'ste Bild einer Kaze, die freundlich mit dem Schwanze wedelnd in der Küche um die Freundschaft der Köchin buhl't, um die Wege zum bestimmten Raube genau kennen zu lernen, und nachher im Fall mit Gewißheit an den rechten Ort wandern zu können. —

Dritter Auftritt.

Voriger. Herr von Erther.

Herr v. Erther. Element! Junker, Ihre stets fortdauernde traurige Miene, das Händeringen am einsamen Ort — macht mich bald glauben, daß Sie so ein einfacher Kopfhänger sind; — und des Thränenrollens ewige Fortdauer untergräbt mein Seel! diesen Verdacht auch nicht. —

Karl. Traurig seyn, ohne vorhergegangene Ursache, glaub' ich, kann keinem Geschöpf, vielweniger einem Menschen, den doch Vernunft eine höhere Stuffe über die übrigen Geschöpfe hinaufsetzt, eigen und möglich seyn. — Also ist Ihre Verdammung, da Sie die Ursachen meiner Traurigkeit nicht kennen, wohl ungerecht. Wüßten Sie nur meine Geschichte, so würden Sie mich, Ihre edle Seele ist mir dafür Bürge, — nicht mehr für einen ungereizten und ungerechten Men-

schen-

schenfeind halten. — Auf eine wirkende Ursache
folgt doch gemeiniglich eine gewirkte Empfindung,
und Bewegung unsrer Seele, die der Ursache
proportional ist; — und gewiß, meine Traurigkeit folgt ihrer Ursache kaum im gehörigen, —
wenigstens doch nicht im übertriebnen Grade.

Herr v. Erther. Weiß ganz wol, was Ihnen diese Traurigkeit schaft, und ich staunte, als
mir's Ihre Schwester zuwimmerte. Daß doch
nie Vollkommenheit ist! entweder recht gute, liebe Pflänzchen, und schießchende Eltern — oder
brave Eltern, und das liebe Kind auf der Stras-
se, da linker Hand. — Ja, ja guter Junker, 's
ist eine komische, buntschäckige Sache um die Liebe, bin auch so ein Kreuz = Schüler gewesen. —
Schon das A, B, C der Liebe ist mehr verdries-
liches würkend, als das A, B, C der Sprache dem
Schulknaben beim knotichten Stok und der erbärm-
lichen Baßstimme seines Lehrers immer seyn mag.
Wenn man auch schon in glüklichen Minuten denkt,
man hat's beim Kopfe, — so hat man's doch immer beim Schwanze, und he! pfeilschnell huscht's
davon — und nun ein paar Thränchen ----
und nimmer wieder mit heftiger Begierde in der
Tiefe nachgewühlt, und doch wohl zieht man am
Ende des Spiel's seine Hände leer und beschmuz't
heraus. —

Karl. Treffend genug ist das Bild; aber ich
hatte

hatte die Leute schon in Händen, betrachtete sie
schon freudig als mein, — und da kam ein —
Freund, und schlug mir sie aus selbigen in eine
unabsehbare Tiefe, ach! in ein Dunkel, dafür
meine Augen zitternd schwindeln. — Die Thränen, die man über die immer noch vergeblich schei-
nende Bemühung weint, sind nicht so bitter, als
die Zähren über den Verlust eines schon besess'nen
Guth's. — Is's dann der Verlust eines Guth's,
das mit unsrer Seele genau verknüpft war —
was Wunder, wenn ihm die Seele traurig nach-
weint? —

Herr v. Erther. Daß doch die meisten Väter in diesem Fall so verflucht kurzsichtig sind!
wär's nur noch zu ändern! aber - - -

Karl. Nun? und des Abers Anfang ist?
was soll ich thun? - - - - was kann ich thun?
sollte ich fragen. — Wäre ein andrer gleichgül-
tiger Mensch der Schöpfer meines Unglüks, so
würde ich - - zwar nicht selbst auf Rache denken, aber sie doch einen Gott überlassen; so aber
ist's mein Vater, ich Kind — die kindlichen
Pflichten weiß ich, und sie sind mir heilig. —

Herr v. Erther. (unwillig) Ewig Schade ist's,
daß so ein schlechter Gärtner zu so einer guten
Pflanze ist, der ihrer schlecht wartet, und dem es
gleichgültig ist: ob sie Sturm und Schlosen ent-
blättern, oder ob sie milder Regen und Sonnen-

C 3   schein

schein nähr't. Seine Sorglosigkeit ist mein Seel! unausstehlich. — Jene Staude, das Unkraut pflegt und wartet er zu sehr; was trägt's ihm aber für Frucht? Ha! Frucht, bei deren Geschmak, wenn sie völlig reif seyn wird, ihm gewiß am Ende die Augen übergehen werden, so bitter und herbe wird sie ihm seyn. — Ein undurchsehbares Dunkel muß ihm vor den Augen liegen: daß er gar nicht sieht und fühlt. — Aber ich will sie ihm aufinden, ihm zeigen, — und sieht er da noch nicht; so verdunkelt Bosheit des Herzens seinen Verstand. —

Karl. Sind Sie ja so glüklich, dies thun zu können, gut, so sieht er auf einige Zeit, und Blitzschnell windet ihm dann ein Andrer wieder das Dunkel um seine Augen. —

Herr v. Erther. Will nur erstlich den rechten Punkt erwarten und dann will ich reden. (ab)

Vierter Auftritt.

Karl allein.

Ich sah' in sein Herz, sah' wie ihn mein Schiksal rührte. — Er hat selbst viel geduldet, und deswegen sind ihm die Klagen eines armen Leidenden nicht leeres Gewäsche, sind ihm nicht leere, sinnlose Töne; tief in seine Seele und eindringend wirken sie Mitleiden, und dieses gebührt bey ihm

bald

bald Anstrengung aller seiner Kräfte dem Armen
zu helfen. — Er ist Soldat, aber mit mehr Einsicht
und Klugheit als Viele; — der geringste Wurm,
der sich zu seinen Füssen windet, ist ihm nicht das
unbedeutende, verachtbare Geschöpf, das es den
meisten Menschen ist, ihm gilt's auch als sein Ne-
ben-Geschöpf Gottes, — und ihm würde es gewiß ein Verbrechen seyn ihn zu zermalmen. —
Der ehrliche Alte! menschenfreundlich und recht
handeln, ist in seinen Grundsätzen eine seiner vor-
nehmsten Pflichten. — Mit heitrer Seele kann
er von seiner hohen Lebens-Stuffe hin ans nahe
Grab schauen; denn er spielte seine Prüfungs-Rol-
le, die ihm Gott gab, meisterhaft. — Er weiß
es, daß er recht und gut gehandelt hat, auch
noch handelt, — aber er weiß es nur für sich,
zur Beruhigung seines eignen Gewissens, und
streu't es nicht prahlend auf Kosten Andrer aus,
denn ihm sind gehandelte Edelthaten nur erfüllte Pflichten. — Nicht um nur gelebt zu haben,
glaub't er, habe ihn Gott auf diese Welt ge-
schaffen; sondern die Pflicht, am Wohl seiner
Neben-Menschen mehr oder weniger, nach Kräften zu arbeiten — sucht er fleißig mit strengem
Gewissen auszuliefern. —

C 4   Fünf-

Fünfter Auftritt.

Voriger. Frau Iſtin (will ſich Karln zu Füſſen
werfen, er hebt ſie aber gleich wieder auf)

Fr. Iſtin. Mein Erretter! mein Erhal=
ter! Dank — könnt' ich Ihnen ſelbigen opfern,
wie er in meiner Bruſt glüht! Aber dieſe Seuf=
zer werden gewiß ſchon vermögen, daß Gott
den beſten Seegen über Sie ergieß't. — Bit=
ten will ich Gott — und meine Kinder flehen
mit — daß er auch hier Gott ſei, Belohner
ſolcher Edelthaten.

Karl. Ha, liebe Frau, mahle Sie ſich dies
Bild nicht mit zu glänzenden Farben — es iſt
ja nur eine That, die Menſchen = Pflicht befahl —
und Sie treibt Ihren Dank faſt biß zur Anbetung,
vergöttert dieſe Handlung, die doch nur erfüll=
te Pflicht zum Grunde hat. —

Fr. Iſtin. O mein Dank iſt der Vor=
treflichkeit dieſer Handlung noch nicht angemeſ=
ſen. Sie retten eine ganze Familie aus einem
Zuſtande, deſſen Fortdauer ſie gewiß getödet hätte.—

Karl. Ich that, was Menſchen = Pflicht be=
fahl — und damit Punktum!

Fr. Iſtin. Alle kennen ihre Pflicht, Viele
haben Mittel zur Erfüllung derſelben in Hän=
den, und Wenige nur, ach! ſehr Wenige erfül=
len

len fie; eben diefe Wenige verdienen alfo einen großen Vorzug für Jene, und Dank zu opfern ift's allemal Pflicht demjenigen, gegen den fie so edelmüthig handelten. Ha! wie Viele befizzen Mittel zu retten, und fchlieffen fie doch forgfältig in den eifernen Kaften. Das find Menfchen! - - -

Karl. Nur die äufere Geftalt macht felbige zu Menfchen, und eine wilde Seele herrfcht in ihnen. — O ihr Gefchöpfe, blikt doch auf die Thiere herab! fie befchämen euch — das Thier tritt von der Weide ab, wenn es gefättiget ift, und läßt das andre zum Futter, das noch hungert. —

Sechster Auftritt.

Vorige. Jakob. Hannchen (fallen nieder, und umfaffen Karls Knie; Karl hebt fie aber wieder auf)

Jakob. Erhalter! Vater! Dank für Ihre Edelthat! o Worte können Ihnen nicht den fchwächften Schatten, von dem Dank-Gefühl, das in meiner Seele herrfcht, fchildern. Aber mein Herz foll felbft zu Gott reden, foll Ihnen felbft den Seegen, den Sie verdienen, von ihm erflehen.—

Hannchen. Sie müffen ein rechter guter Herr feyn; nun kann ich doch wieder Butterbrod
C 5 effen,

essen, da ich sonst bei troknem Brod' weinte; und wenns Abend wird, freu ich mich allemal auf mein Bettchen, denn auf'm Stroh schlief's sich nicht gut. Ich danke Ihnen recht schön für die Wohlthat, die Sie uns armen Kindern erwiesen haben. (küßt ihm die Hand) Will Gott recht oft bitten, daß er Sie auch recht glüklich machen soll.

Karl. Das kann ich hier nicht werden, gutes Kind: denn mir ist alles Erden-Glük entfloh'n. (troknet sich die Augen)

Fr Istin. Gott ist mächtig und gerecht; Sie sind edel und gut: er wird also auch Sie belohnen: denn ausgestreu'te Edelthaten keimen gewiß, und werden belohnt. — Gott! wie vielen Armen im Dorf sind Sie gütiger Wohlthäter, wie viele Unglükliche retteten Sie vom gänzlichen Fall!

Jakob. O daß Sie doch, gnäd'ger Herr, mehr Brüder hätten! so edelmüthig, so gut — o so würden auch nicht so viele Arme im jämmerlichen Zustand seufzen, weinen ihres Lebens, da bei dem Gedanken an ihre Geburts-Stunde oft ein Seufzer durch ihre Brust bebt. —

Hannchen. Würden nicht so Viele auf ihrem Bischen Stroh' und bei troknem Brod' weinen, wie wir, ehe wir die Gnade hatten. Aber nun will ich auch ein rechtes hübsches Mädchen wer=

werden, — gehorsam und fleißig, die Ruthe — ha, die soll passen, bis sie einmal soll gesucht werden.

Karl. Das, liebes Kind, ist jedem Kinde Pflicht in jedem Stande, er sei prächtig oder elend. Kinder dürfen ihre Eltern, wenn sie arm sind, deswegen nicht verachten: denn armen Eltern wird es gewiß schwerer, es kostet ihnen mehr Schweiß, ihre Kinder zu erziehen, als reichen. — — Merk dir das, und wend's an. Sie, liebe Frau, kann monatlich holen, was ich für Sie und Ihre Kinder bestimmt habe, der Pachter zahlt's ihr.

Fr. Istin. Gott segne Sie, wie Sie es verdienen. — O was für Großmuth!

(Die Kinder küssen Karln die Hand, und gehen mit ihrer Mutter ab)

Siebenter Auftritt.
Karl allein.

Ihr guten Kinder! ihr freu't euch euers Glüks und denkt es euch zu fest, zu sehr Glük, als daß mit ihm ein unglüklicher Nachzug verschwistert seyn könne. — Denkt's, der Gedanke schaft euch doch wenigstens Ruhe. Ich dacht's auch, als ich noch in den Armen meiner Henriette lag — aber Gott! nun weine ich des unglüklichen Betrug's, der so schmerzhaft ist für mich Armen, der

ich

ich nun im Dunkeln wandle. — Ich verlohr mein
Licht: und nun ist alles dunkel um mich her;
auch nicht ein schwacher Schimmer glänzt mir
mehr, das verlohrne wieder zu finden. (Eine Pause; dann wütend und die Hände ringend) Gott!
Gott! - - - du raubtest mir alles — ha! bist
du gerecht? — Deine Geschöpfe - - - Würmer,
Staub! - - - sieh, sie winden sich — und du
donnerst noch? gerecht? - - Höllenquaal! zer-
schmettre sie, wenn sie dir misfallen, — quäle sie
nicht durch nagenden Jammer! höre, Gott, höre! gieß deine Jammer-Schaale auf einmal herab — vernichte sie auf einmal. - - - Soll jede
Nerve eines armen Wurm's tausendfachen Höllen-
Jammer fühlen? - - - ha! willst du das, du
Schöpfer? - - - schufst du sie nicht? - - -schufst
du solche arme Kreaturen zu ewigen Jammer? - - -
o hätte sie deine Macht doch vernichtet, da sie
noch Embryonen waren! — Vater! Schöpfer!
- - - Zorn! Wurm im Staube — lebe! - -
(wirft sich auf einen Stuhl)

Achter Auftritt.

Voriger. Karoline.

Karoline. Armer Bruder! o könnt' ich dich
retten! — mein Leben - - -

Karl. (mit wilden Blikken) Liebst du mich
Schw-

Schwester? liebst du die Unglüklichen? den Wurm, der sich im Staube krümmt? - - -

Karoline. Bruder, war jemals ein Augen= blik in meinem Leben, da dir mein Herz nicht schlug?

Karl (wild) Nun so tritt deinen Fuß da= nieder, — zermalme den Wurm, der sich zu dei= nen Füssen so elend, schmachtend krümmt — Sieh, rührt dich sein Jammer nicht? (fällt vor sie nieder) Töde mich Schwester; und du hast dann eine Wohlthat ausgeüb't, Gott wird dich dafür seeg= nen. — Sieh, den schleichenden Gift in allen mei= nen Adern - - - peinlich langsam wirkt er, und das Jammer = Gewühl muß ich lang' dulden. - - - Rührt dich 's nicht, Unbarmherzige? ach! eine Minute, in der du vergissest, daß du Mensch bist - - kann mich erlösen. — (höchst wütend, faßt sie an) Schwester! Schwester! bei Himmel und Hölle — bei Engeln und Teufeln beschwör' ich dich — rette, töde mich!

Karoline. (äuserst bestürzt) Bruder!

Karl. Unbarmherzige!

Karoline. Mein Bruder! Gott erbarm' sich deiner! - -

Karl. Grausame! Leicht könntest du deinem armen Bruder Wohlthat erweisen. ——

Karoline. O Karl, ein Gedanke, bei dem einem Menschen jede Nerve zittern muß. Ar=

mer

mer Bruder! dir sind alle Gedanken entflohn: und du stöhn'st im Dunkeln. Ha, es ist schmerzhaft am Ufer zu stehen, und einen Unglüklichen vom Strohm' fortreissen zu sehen, — in tödender Gefahr — und ihn doch nicht retten können. - - - -

Karl. Muthlose! so ist's dir Pflicht, ihn bald ans Ziel zu bringen; wirf einen Stein auf ihn, daß er eher sinkt. — Was helfen ihm deine Thränen? Verzagte! du thu'st doch nichts, als seufzest die Klagen der armen Unglüklichen nach, lässest ihn immer noch hülflos. — Zage nicht! rette — ein Druk — und es ist geschehen. (giebt ihr ein Pistol) Dann jauchze hoch auf, über deinem Bruder am Ziel. —

Karoline. Ein Druk, der mein und dein Leben, das uns Gott gab, und das nur er wieder von uns nehmen darf, nach sich zöge. — Mörder, Mörder wären wir dann beide, und hätten Mörder-Strafen zu erwarten. Gott! mein Bruder! - - - -

Karl. (mit milderer Stimme) Engel! kannst du Unmenschen unmenschliche Handlungen verzeihen: o so zeig' es hier! — ha! verdien' ich wohl dein Bruder zu seyn? ohnmöglich können Teufel mit Engeln verschwistert seyn. —

Karoline. Sey ruhig, mein Bruder. Du warst ganz sinnlos, und Handlungen ohne Gedanken

danken gehandelt, verdienen allezeit Vergebung;
sie quellen aus keinem bösen Herz. — Beruhige dich, lieber Karl, izt muß ich vor.

(ab)

Neunter Auftritt.

Karl allein.

Unvernünftiges Geschöpf! und du lebst auch? —
Bist auch von einem so vollkomm'nen Wesen
entsprossen? — — — Ha! du bist unter den Guten, wie das Unkraut unter der schlanken Korn-
frucht. — Gott, wie gern treiben wir unvoll-
kommen doch immer auf nicht recht zu; —
leben und handeln ungleich. — Wir glauben
stets fest zu stehen, und stehen doch immer wie
in Sandkörnern, die bei dem geringsten Ruk
unsers Fusses unter uns entrollen, und wir rollen nach — und bald liegen wir dann gestrekt
da. — — — Wehe uns! wenn nicht unser Leit-
faden in einer so weisen und gütigen Hand lä-
ge, in einer Hand, die uns führt und leitet
mit Vaterhuld und Güte. —

Zehnter

Zehnter Auftritt.
Voriger. M. Perlberg.

Karl. Würdiger Mann! Sie thun mehr,
als Viele aus Menschen= und Amtspflichten thun
würden. Sie haben gewiß wieder einen Anfall
gewagt, sind aber zurükgeschlagen worden; das
sagt mir Ihre traurige Miene.

M. Perlberg. Nichts, gar nichts helfen
meine leidenden Ermahnungen, die ich ihm schon
so oft gab, und noch so oft gebe.

Karl. Wie mögen Sie auch dies verlan=
gen? Denken Sie doch, der Grad der Lieb=
lingslaune wirkt doch stets im Kopfe desjeni=
gen, den die Laune führt, mehr, als der Grad
einer, dieser Laune widersprechenden Moral. —
Wie mögen Sie also wol, guter Perlberg, Fol=
gung hoffend, ihm diese Leitungen geben? - - -
Sie kennen seine Seele — den sich auszeich=
nendsten Zug derselben, der sich über alle ande=
re mächtig emporschwing't, und in allen seinen
Handlungen dirigirt; — den Geiz. —

M. Perlberg. Da aber dessen wirkende
Kraft so Menschenpflichtwidrig, — dem Cha=
rakter eines guten Mannes so entgegengesez't ist,
kann ich nicht einsehen, wie er in Ihrem Va=
ter, der doch sonst mit denen meisten seiner Hand=
lungen wenigstens die Menschheit nicht beflekt,

wie

wie er in ihm so mächtig und allüberschwing=
lich herrschen kann. —

Karl. Er liebt seine Kinder mit der wärm=
sten Vaterliebe und eben die allzugrosse Sorg=
falt, uns selbige recht thätig zu zeigen, auch
nach seinem Tode noch, macht ihn so handeln.
(bei Seite) Ich muß so reden, er ist mein Va=
ter. —

M. Perlberg. Gott! der Mann hat so
gute Kinder, Prunk und Schimmer glänzen
überall um ihn her, und doch ist er nicht glük=
lich; — — da stets die unersättliche Begierde
nach einer höhern Stufe ihm das, was er
schon besizt, zu klein mahl't, als daß er sich
durch solches vollkommen glüklich achten könn=
te. — Gold und Reichthümer, wären sie auch
noch so hoch gethürm't, geben doch der Seele
nicht allein die Ruhe, die eigentlich das Glük
des Lebens macht! — Ha! ein einziger reiner
Blik der Wahrheit muß durch den gleisenden
Anstrich des Glüks, den sie uns zu geben su=
chen, dringen, und den Ungrund desselben schau=
en. — Diese Bemerkung habe ich schon oft
gemacht, und mache sie auch hier wieder.

D   Eilfter

Eilfter Auftritt.

Vorige. Herr von Sternberg.

Herr v. Sternb. (zu M. Perlberg) So recht! Sie unterreden sich gewiß mit meinem Sohne von gelehrten Sachen? Nunu, der Junge ist ausgeartet, kein Landjunker in diesem Stük, hat brav studirt. —

Karl. Gnäd'ger Papa, dies Lob — ich weiß nicht — Sie beschämen mich - - -

M. Perlberg. Ich habe einen noch weit bessern Zug in ihm entdekt — er hat das beste Herz, das ein Kind in so einer Lage haben kann. —

Herr v. Sternb. (wiederholt spöttisch) Das ein Kind in so einer Lage haben kann - - - Ist diese Lage, in die ich ihn gesezt habe und erhalte, etwa so übel, daß sie ihm noch Wünsche nach einer bessern übrig lassen kann? Hat er nicht alles im vollen Maaße, was ihm Bequemlichkeit schaffen kann?

M. Perlberg. Wol, Bequemlichkeit des Körpers; aber dieser ist nicht fähig, das Gute dieser Bequemlichkeit anzunehmen, wenn die Seele, die ihn regier't, trübe und traurig ist. — Sorgen Sie nur erst, gnäd'ger Herr, daß selbige wieder erheitert werde; dann soll auch, das nehm ich

ich auf mich, die Bequemlichkeit, die Sie ihm geben, wieder auf ihn wirken — Gnäd'ger Herr, bei Ihrem und Ihrer Kinder Wohl bitte ich Sie, laſſen Sie ſich dieſe Sorge angelegen ſeyn! —

Herr v. Sternb.   Punktum der Lektion! Izt wollen wir davon abbrechen; morgen kommen Sie zu Tiſche, und dann perge! Sie haben nun noch ſo die beſte Methode zu lenken; aber hier glaub' ich, wird es ſchwer halten, — ſehr ſchwer. Izt kommen Sie mit in meine Bibliothek.

(gehen beide ab)

Zwölfter Auftritt.

Karl allein.

Sie ziehen beide an einer Sache; aber da einer nach Norden, der andre nach Süden zieht; iſt wol der Zweifel, daß ſie an das Ziel kommen werden, nicht ungerecht. — Was hilft's aber auch dem guten Perlberg? ſie iſt einmal tod — tod, und wird nicht wieder lebendig - - - tod — und nicht wieder leben- dig. —

Drei-

Dreizehnter Auftritt.

Voriger. Ferdinand (hat ein versiegeltes Pakt
Pappier's)

Ferdinand. Lieber Bruder, hier in die=
sem Pakt ist Schrift, die für dich beruhigend,
die dir aber auch höchst traurig seyn kann.
Wüßte ich nur — freudig wollte ich dir's er=
öfnen.

Karl. Du weißt ja, daß ich das bitterste,
das trübste, was ich im Leben dulden könnte,
schon gelitten habe; alles übrige sind nur noch
einzelne Tropfen, die einzeln doch den Regenfluß,
von Baum = Blättern noch herabtröpfeln. —

Ferdinand. Und die uns, war das Wet=
ter für uns traurig, noch sehr lebhaft an solches
erinnern können. — Doch, — sagte dir deine
Henriette --- kennst du ihre Hand?

Karl. Nein.

Ferdinand. (entsiegelt das Pappier) Nun so
sieh, es sind kurze abgebrochene Säzze, die Hen=
riette in den lezten Tagen ihres Lebens noch an
dich schrieb.

Karl. (Reißt ihm das Pappier aus den Händen)
Ist's möglich? Ferdinand, du träumst, und lallst
träumend einem Schwachen deinen Traume zu —
(liest hastig) „Mein Karl! dann erst, wenn ich
„bald

„bald modern werde, wenn ich dir nicht mehr le=
„be, dann erst sollen dir diese meine Gedanken
„noch seyn. --- Ich sterbe, Lieber, und du wirst
„noch künftighin seyn. " -.- (bei Seite) Aber
es hört's ein Teufel, und er möchte lachen der Re=
de eines Engels. (laut) Ich muß es ganz in To=
den=Stille lesen, daß ich's so ganz fühlen kann. —
Aber wer gab dir's?

Ferdinand. Henriette selbst, zwei Tage
vor ihrem Tode. Weinend bath sie mich es vor
ihren Augen zu versiegeln, küßte es noch oft und
warm, dann gab sie mir's, daß ich dir's gäbe.
Bitten Sie, sagte sie, meinen Karl, daß er nicht
zu sehr weine über den Tod eines schwachen Mäd=
chens, das ihn zwar liebte, deren Liebe er aber im
höchsten Grad' verdiente.

Karl. Ferdinand, verdienen Unmenschen auch
die Liebe guter, edler Seelen? --- Ich glaub's
nicht. —   (ab)

Vierzehnter Auftritt.
Ferdinand allein.

Nun, so gieng denn das auch glüklich; nun
steht er fest in dem Wahn: sie sey tod. — Gut,
das soll er auch. Ha, wenn er wüßte, daß sie
noch lebt — die Figur, die er da spielen würde,
möchte ich doch sehen; aber das soll er nicht erfah=

ren,

ren, und wenn sich auch alle empfindsame, und edle Herzen dawider empörten. —

Funfzehnter Auftritt.

Voriger. Karl.

Karl. Man ruft dich oben, Ferdinand.

Ferdinand. So muß ich fort. (ab)

Sechzehnter Auftritt.

Karl allein.

Im höchsten Grade hätte ich ihre Liebe verdient? ha! die Vernunft sagt's selbst. Unmenschen können nicht verdienen die Liebe eines Guten. — O der Gedanke an sie! stets schwebt er in meiner Denkkraft auf. Gott, wie glüklich hätte ich mit dem Mädchen leben können - - - - aber da dachte mein Vater, mein sonst so guter Vater Gedanken wider mich, formte Projekte für mein Unglük. — Sie ist nicht reich, sagt' er, und - - - und du mußt dein Vermögen einst mit dem Guth deiner künftigen Frau vermehren — es sind schlimme Zeiten - - ha, er dachte alles, was ein ungerechter Vater in diesem Stük denken kann. — Seine Nachstellungen, mit denen er sie stets quälte, die Stürme, die sich so oft und so schwer über sie herabwälzten, machten sie matt, und matt sank sie. — Aber still!

ftill! hier kömmt meine gute Schwester, ich muß
mich ruhig stellen - - -

Siebenzehnter Auftritt.

Voriger. Karoline.

Karoline. Im grünen Zimmer hört' ich izt,
da ich vorüber gieng, eine Unterredung zwischen
unserm Vater und dem guten Rittmeister, die
ziemlich stark war; deinen Namen hörte ich deut=
lich vom Rittmeister nennen. Er treibt gewiß
eine Sache, die dich betrift, der gute Alte.

Karl. Nur Schade, daß hier alle Mühe ver=
gebens ist! was kann er mir helfen? Tode kann
er doch nicht wieder lebendig machen. — Wendet
er auch alle seine Kräfte an, meinen Vater zu er=
leuchten, daß er einsieht, wie unrecht er gehandelt
hat — was hilft 's? er bereut 's - - - und meine
Leiden dauern doch fort. Sey du nur ruhig,
meine Schwester.

Karoline. Dem innern Gefühl', das sich
selbst in unsre Seele pflanzte, widerstehen wollen,
nenn' ich Thorheit. — (nimmt ihn bei der Hand)
Aber Bruder, sag mir: wo war'st du in der gest=
rigen Nacht? Mein Nachtlicht war verlöscht und
ich gieng in dein Zimmer, um es wieder anzuzün=
den; da fand ich das Bett' leer und mein Karl
war weg. —

D 4   **Karl**

Karl. Es war eine meiner trübsten Nächte; kein erquikkender Schlaf hemmte auch nur eine kurze Zeit meinen Jammer — ich dachte und weinte; — endlich entstand in mir ein unwidersteh= barer Trieb — ich schlich mich hin auf's Grab meiner Henriette. Da ward mir so wohl, so bang' — ich träumte Wonne und Schmerz — und im Gefühl dichtete ich meine Gedanken, die so ganz meine Seele dachte, in ein kleines Gedicht, das schrieb ich hernach nieder und komponirte es. (Zieht ein Pappier aus der Tasche) Ich will's spie= len, sing' du's; da werde ich mich ganz wieder in jene Lage versezzen können, die mir so selig war. — (Sezt sich an das Klavier und spielt eine Strophe;) dann singt Karoline:

I.

„Schlummernd modert ihre Hülle,
„Deren Geist in Wonne schwebt. —
„Dringet durch die Toden = Stille
„Seufzer, die mein Busen bebt! —

2.

„Das du dich im Sande windest —
„Würmchen, das ein Fußtritt strekt,
„Glüklich bist du, denn du findest
„Schuz im Staube, der dich dekt. —

3.

3.

„Seht, sie schwebt im Glanz = Gewande,
„Schwebt um Gott in sel'ger Pracht; —
„Und ich noch im Pilgerstande,
„Sank in düstre Trauernacht. —

4.

„Sieh', du Sel'ge, wie ich weine,
„Hier auf deiner Erden = Gruft, —
„Gott! muß dulten bis auch deine
„Stimme mich von dannen ruft. —

Karl. O Schwester, Empfindungen der
Wonne und des Schmerzes durchkreuzten sich wech=
selsweise in meiner Seele in jener Nacht; — Em=
pfindungen, die nur ein Jüngling, der von seinem
Mädchen, die er so sehr liebte, auf ewig getrennt
seyn muß, fühlen könne. — Die Nacht war zu se=
lig, als daß ich künftig mehrere schlaflos ächzend
im Bette zubringen sollte. Lieber will ich auf ih=
rem Grabe weinen, als im einsamen Zimmer.

Karoline. Ist dir dies Vergnügen, so bitt'
ich dich, theil' es mit mir, ich begleite dich jedes=
mal auf den Kirchhof; denn, Bruder, ich fürchte
- - - dein allzugroßer Hang zur Schwärmerei
macht mich fürchten, daß —

Karl. Fürchte nichts, es war nur eine so

furch=

fürchterliche Stunde, da ich so einen tollen, un=
menschlichen Gedanken denken konnte, ihr folgt
gewiß künftig keine mehr. — Wandelt auch
der Mensch einmal auf einem Irrwege, so folgt
daher doch noch nicht, daß er des rechten Weges
ganz vergessen, daß er nie wieder auf selbigen
zurükkehren sollte. — Doch izt komm' mit mir
zur Gesellschaft, ich möchte doch nicht gern im
höchsten Grad ein Misantrop zu seyn scheinen.

(gehn beide ab)

Achtzehnter Auftritt.

Herr von Erther (kömmt von einer andern Seite
hastig ins Zimmer, und läuft einigemal in selbigem
auf und nieder.(

Element! Himmel, so viel Blizze du besizzest,
laß herab fahren und das Herz dieses verblendeten
Mannes erleuchten, daß er sieht wo er ist, auf
welchem Irrwege. — Gott, ist's möglich? —
Ha, den hat der Teufel recht auf allen Seiten mit
allen seinen Künsten und Dünsten geblendet. Wie
sehr hab' ich gestritten! still und laut — sanft
und mit Löwen=Stimme — aber er widerstand
mit allem, was ein ungerechter und unbarmherzi=
ger Vater denken kann. Erstlich glaubte ich, es
sey blos Grille; aber diese ist so sehr gewachsen,
ist so ein ungeheures Ding worden, daß ihr kein
ehrlicher Mann mehr widerstehen kann. — Es

ist

ist erbärmlich, wie sich die Gedanken in seinem
Gehirn formen, und sich dann wechselsweise durchkreuzen. — Er liebt seine Kinder — das zeigt er
oft, und doch handelt er izt an seinem Sohne, den
er doch sonst so vorzüglich liebte, so grausam. —
Aber ich schaudre zurük, — welches ist der Grund,
aus dem dieses ganze Uibel entsproß? — — Der
Geiz, die verdammte Habsucht. — O ihr Väter,
auf keiner Seite könn't ihr wohl so grausam an
euern Kindern handeln, als auf dieser; und doch,
doch, Gott erbarm 's! Doch hat der Mann
so viel Brüder. — Geld, ja das Geld ist euch
der wichtigste Grund zu einer glüklichen Ehe, —
es verdunkelt in euern Augen, kurzsichtige Men=
schen, all das übrige höchst nöthiger dazu Gehö=
rige. —

Neunzehnter Auftritt.

Voriger. Herr von Sternberg.

Herr v. Sternb. Wenn du sagst: du wol=
lest einem Toden wieder Leben einblasen, so sagst
du, du willst etwas ändern, was doch nicht zu än=
dern ist. — Erspahre, guter Alter, dahero doch
die Worte, die nicht das geringste fruchten kön=
nen. - - - Streu' deinen Saamen auf beßres
Land aus, das geschikter ist, ihn aufzunehmen. —

Herr v. Erther. Spotte nur noch, Elen=
der!

der! im Dunkeln; verlache nur (wild) noch teuflisch ben, der sich deiner erbarm't, und Mühe anwendet, dich zu retten. —

Herr v. Sternb. Guter Freund, dein Geist schwingt sich; beruhige dich. Komm', (sezt zwei Stühle neben einander) sez' dich zu mir, wir wollen vernünftig mit einander über diesen Punkt sprechen. (Sie sezzen sich)

Herr v. Erther. Vernünftig? - - - Ha-haha! Element! vernünftig? - - - Hm!

Herr v. Sternb. Du lachst? - - Kinder, glaub' ich, können doch wohl zuweilen einen Sprung über ihren Kinderton thun, und mit ihrem Vater im höhern Ton' sprechen. — Denk'st du das nicht auch, Alter? (klopft ihm auf die Achseln)

Herr v. Erther. O des Gewäsches! weg damit, oder in kurzer Zeit ist dein Guth weit hinter mir. Nimm einmal deine ganze Sinnmacht zusammen, und betrachte dies ganze Werk: du wirst finden, daß es auf einer ganz unrechten Seite häng't, schief und lahm. — Ein Zug zu deinem Sohne, der erklärlich genug ist, darum, weil er gut und brav ist; ein Zug, den ich zu jeden andern Menschen in diesem Fall haben würde, — macht mich so reden. Guter Freund, (nimmt ihn bei der Hand) hier handelst du mein Seel'! nicht gut, und es durfte nur ein wenig Tag in deinem Gehirn seyn, als du dieses Projekt dachtest, gewiß,

wiß, denn du bist doch sonst ein verständiger Mann, du hättest diese Grille sogleich getödet, und mit deiner Vernunft verscharr't. —

Herr v. Sternb. Gerechter Himmel! wenn du verlangst, daß ich dies nicht hätte thun sollen, so verlangst du, daß ich mich hätte sollen zum Bettler machen. — Mein Karl verliebte sich in das Mädchen, das kaum drei Tausend hatte, und ich hätte sie ihm geben sollen? - - - Das wäre eine Schande, über die noch die Nachkommen im dritten Glied geschrieen hätten. — Ich guter armer Vater hatte gescharr't und gesammelt, daß ich oft im Schweiß schwamm, und der - - -

Herr v. Erthey. Noch nie, und ich bin doch schon sehr alt, noch nie habe ich geseh'n, daß Geld eine glükliche Ehe gestiftet hätte, wo nicht Liebe und Gegenliebe herrschten. — Liebe ist eine Empfindung, die nur die Menschheit giebt — und nicht das Geld. — Sieh, (mit stärkerer Stimme) und du hast zwei so gute und brave Seelen so unglüklich gemacht, da du sie doch, ohne deinem geringsten Schaden und Abbruch, hättest können so unaussprechlich glüklich machen. — Um deinen Geldkasten mehr zu füllen, schaff'st du lieber deinem armen Sohn' Leiden, die seine gute Seele kaum dulden kann; — du, sonst so ein guter und verständiger Mann — und hier so ein Unmensch. - - - O ich möchte weinen, — aber über

über Viele deiner Gattung möchte ich 's, unzäh-
liche Brüder hast du; aber du, und alle, alle deiner Art verdienen nicht den Vaternamen, denn sie
handeln nicht als Väter an ihren Kindern. ——

Herr v. Sternb. Du verdamm'st, ehrlicher Alter? --- und deine Verdammung darf wohl
nicht so ganz verworfen werden —— (Eine Pause)
O ich Mensch! --- Unmensch! was that ich! --
Die verfluchte Habsucht —— zu was für elenden,
niedrigen Handlungen kann sie uns verleiten! ——
Väter, die ihr so denkt, wie ich dachte, wüßtet ihr,
was ich izt fühle, und hättet ihr auch nur wenig
Menschen-Gefühl: gewiß, so würde die Welt viel
von solchen Unmenschen gereiniget werden. ——
Komm', Freund, mit mir in mein Zimmer.

(gehen beide ab)

Zwanzigster Auftritt.

Ferdinand (kömmt hastig ins Zimmer)

Mein Vater! —— wie er blikte —— starr und
wild auf mich --- Er weiß gewiß die schrekliche Nachricht auch schon. Gott, wie wir beide
beben! und warlich die Ursache ist schreklich genug,
uns zittern zu machen. —— Nimmt einen Brief aus
der Tasche) Schon das schwarze Siegel läßt mich
den traurigen Fall vermuthen. Wir redeten
Wahrheit ohne es zu wissen; sagten unserm Karl,

seine

seine Henriette ſey tod, um ihn von dem Mädchen abzubringen, und nun — o die ſchrekliche Nachricht! nun iſt ſie wirklich todt. — Ha! wie ſie weinen werden, die guten Seelen, beim Sarge Henriettens! ſie verlohren beide eine Tochter und Schweſter, die liebenswürdig war. — (Er bricht den Brief und lieſt) „Ihr dachtet ein Projekt, und „wünſchtet, ohne daß es jemand wiſſen möchte, es „ausführen zu können; aber bei dem erſten Schritt „zur Auslieferung deſſelben, wußte ichs auch ſchon. „Ein Zug von Menſchen-Gefühl, der noch in dei- „ner und deines Vaters Seele herrſchte, machte „euch doch noch ſo menſchlich handeln, deinen ar- „men, unglüklichen Bruder nicht auf einmal zu „ſtürzen. — Eine Liſt, glaubtet ihr, würde ſtark „genug ſeyn, ihn des Mädchens, meiner Schwe- „ſter vergeſſen zu machen, deren beiderſeitige Liebe „der Eigennuz und eine kriechende Idee deines „Vaters, die er vom Armuth hat, ſchalt. — „Doch hier, glaube ich, iſt's nicht Zeit und Ort, „euch zu zeigen, wie unrecht und irrig ihr dach- „tet. — Die Nachricht, die ich dir hiermit auf „Befehl meines Vaters ertheile, wird's vielleicht „beſſer können, ſchlägt anders noch ein wenig „Bruderliebe in deiner Bruſt. — Morgen — „(Du kannſt jede Thräne, die mir entfließ't, indem „ich dies ſchreibe, auf dem Pappier ſehen) mor- „gen begraben wir unſre Henriette, ſie ſtarb ge- „ſtern an einem Blutſturz --- Sie hatte eine

„bittre

„bittre Schaale auf dieſer Welt zu leeren, die du
„und dein übler Vater ihr bereitet hab't. — Aber
„ſieh, ſieh' das aufgeſchurrte Grab — möchten
„wir uns nicht beide mit hinein ſtürzen? ---
„ich aus Liebe zu meiner Schweſter, und du —
„du aus Reue. --- " O daß uns doch nur zu oft
erſt am Ziel die Augen geöfnet werden, — daß wir
doch nur erſt ſehen, wenn wir ausgewandert ſind,
daß wir einen Irrweg giengen! — Himmel! mein
Zuſtand iſt ſchreklich.   (ab)

Ende des zweiten Akt's

Dritter

Dritter Akt.

(Der Schauplaz stellt einen Garten am Land-Guthe vor;
es ist Nacht und Mondschein)

Erster Auftritt.

Herr v. Sternberg (sizt auf einer Rasenbank und
denkt einige Zeit tief, dann:)

Flieh' nur Unglüklicher, du entflieh'st der Folter,
die deine Seele, die so unmenschlich dachte
und handelte, mit Recht quäl't, doch nicht. ——
Unmenschlicher Vater! (schlägt sich vor die Stirn)
bebe! du hast mit einem Gott zu rechnen. Durch
dich pflanzte er eine so gute Pflanze auf den Erdball, und du Unmensch., hast sie vernachläßiget,
du gabst ihr Guß und Wartung, die ihr nichts
nüzte, und die sie zu Boden drükte. —— Aber ein
Gott wird auch Rechenschaft von dir darüber fo-
dern, und — zittre! er ist gerecht. - - - (Eine
Pause) Ist er aber nicht auch barmherzig? - - -
denen, die an Schwachheit fielen; aber du? du
handeltest nicht in Schwachheit so unmenschlich,
man zeigte dir den rechten Weg, — du hörtest
nicht, bliebst in dem verfluchten Wege, der dich
nun endlich an so ein Verzweiflungsvolles Ziel

E   ge-

geführt hat, wo du nun weinend in deſſen dun=
keln Labyrinth' ſeufzen kannſt — Es iſt ſchrék=
lich — Gott! was für Jammer und Reue=Quaa=
len foltern mich! - - - (wütend) Sieh', wie ſich
die Teufel freuen, dich mit ihren Höllen=Martern
zu quälen! - - ſieh' den Abgrund — das Dun=
kel, das er faßt! Ach! höre die Seufzer deines
armen Sohn's, die dir drükende Strafen vom
Richter erſeutzen, — die ſich wie Gebirge über
dich Wurm herabſtürzen werden. — Wimm're
nur unter dem Schütt elende Jammertöne! nie=
mand wird ſie hören, denn es wimmerte ſie ein
niedriger Tiefgeſunkener, der denen Leitungen, die
man ihm both, nicht folgte, ſondern ſeinen un=
rechten und falſchen Weg immer fort dahin kroch.
— O Gott! was für ein treuer Spiegel kann
ich ſo vielen Vätern ſeyn! treu können ſie ihr
ſcheusliches Bild darinnen erbliken, ſehen, was
für ſchlechte Kreaturen ſie ſind. — Aber viele
würden bliken, und wieder zurükbliken, ohne
zu fühlen, — fortdenken den unmenſchlichen Ge=
danken, den ſie zuvor dachten. — Was denkt ihr,
Väter? - - - ſpann't nur eure armen Kinder in
ein Joch, das ihnen von der Natur nicht ange=
meſſen iſt, und ihr drükt ſie durch euern ungerech=
ten Antrieb danieder. — O denkt euch die Pein,
die ihr, wenn ſie gedrükt ſanken, bei denen erblaß=
ten Körpern eurer armen Kinder fühlen werdet,
bei Erwachung eures Gewiſſens! - - - aber um=
soeben   ſonſt

ſonſt iſt dann eure Reue, ihr könnt mit ſelbiger
doch nicht zurük ruffen, die vergangene Zeit zu
ändern die unmenſchlichen Handlungen. — Gott!
ich unterdrükte ſo ganz die Vater = und Natur = Gefühle. - - -

(blikt ſtarr vor ſich hin.)

Zweiter Auftritt.

Voriger. Ferdinand (bleibt einige Zeit an der
Gartenthür ſtehen)

Ferdinand. Sein Vaterherz iſt gewiß er-
wacht und ſtürm't in ihm einen fürchterlichen
Sturm. — Er denkt nun auch Grillen; aber
gewiß, ſie ſind ihm ſo fürchterlich - - - ſo grau-
ſend — Hu! (acht zu ſeinen Vater hin, laut:)
Man wunderte ſich, Sie nicht finden zu können,
und ich ſeh's ungern, daß ich Sie hier finde;
es iſt ſchon Nacht und ſehr kühle, die Schlaf=
Stunde iſt ſchon längſt da. (Herr von Sternberg
bleibt immer in ſeiner vorigen Stellung und ſieht ſtarr
auf die Erde) Alles ruht ſchon, und Sie philoſophi-
ren noch ſo ſtark? Papa! (ergreift ihn bei der Hand)
Papa!

Herr v. Sternberg. (fährt ſchnell auf) Ach
du Unglüklicher? - - - fort, Ungeheuer! bei je=
dem Blik auf dich ſteigen meine Leiden. — Fort,
ſag' ich. (ſtößt ihn von ſich)

Ferdinand. Ohne zu wiſſen, was Sie phan-

E 2   taſiren,

tasiren, frag' ich Sie: ist 's recht, nach dem Fall,
den man zuerst mit sich auf den unrechten Weg
zog, von sich zu stossen? —

Herr v. Sternb. Unförmlichstes Scheusal,
das je die Natur auswarf! - - -

Ferdinand. Ihre Denk= und Vorstellungs=
kraft mahlt Ihnen vielleicht nur so schwärmerische
Grillen vor, — und zum Unglük bin ich nun eben
das Kloz, das Ihnen im Wege liegt, und an das
Sie sich taumelnd stößen. — Legen Sie sich zur
Ruh', und Sie thun das beste.

Herr v. Sternb. Kann ein Wurm, der
selbst elend ist, den andern trösten? Schweig',
wir müssen sterben — und Gott! dann wird sich
ein Vorhang aufziehen, hinter den Grausen und
Schrekken uns zittern machen wird. — Weine
und wimm're nur dann, du wein'st am Ziel' der
Gedult und Langmuth eines Gottes, die dich so
oft rufte, und die du so oft verlachtest und ihren
Leitungen hart verstokt entschlich'st. —

Ferdinand. Nur gut, daß ich einem Vater
nachschlich, dessen Leitungen und Befehlen zu fol=
gen, mir Natur und Gesez befahl; war Ihr Wil=
le und Befehl unrecht. —

Herr v. Sternb. Du reich'st dem Schwa=
chen noch einmal den Giftbecher, indem das Gift,
das er zuvor nahm, noch wirkt. — Und dir
reiz't's

reiz't 's noch ein frohes Gelächter? – – o sieh',
ich lache auch (mit wilden Mienen) lache auch der
Natur, die in uns wirkt, ihren Gefühlen, die sie
uns giebt — aber sieh; jeder Zug des Gesichts —
er ist ein Zug, wie ihn Unmenschen ziehen; – –
die tausendfachen Höllenquaalen sind auf jedem
derselben gezeichnet.   (ab)

Dritter Auftritt.

Ferdinand allein.

Sanfter Mondschein! und schreklich brausen-
des Gewühl der Reue in meiner Seel! – – Schlum-
mernde Natur — Sterne — auch euch schuf
der Gott, der mich Unmenschen beseelte und her-
rief, und dem ich durch meine teuflischen Handlungen so ungehorsam ward; — ein Gott, der
gerecht und Richter ist. – – – Schreklicher Gedanke! — o daß nie ein Tag wäre, an dem wir
vor ihm erscheinen müssen, wie wir sind! o so
dürfte ich Elender auch nicht zitternd den Gedanken an diesen Tag denken. — O daß wir doch
ewig im Schlummer blieben — nie auferstün-
den! – – – Hu! Belohnungen für Edle, —
Strafen, Strafen für Bösewichter. — Ich Unmensch handelte nicht allein so übel an meinem
Bruder; auch den Vater trieb ich an, ihn zu peinigen, unterdrükte den Funken Vaterliebe, der

E 3   noch

noch in ihm glomm'. — Bruder! Mensch! - -
wo blieben die Wirkungen eurer Natur? — Ha,
Neid und Habsucht unterdrükten sie. — Aber
nun, nun freu' dich, Neid, deines gesunkenen Bruders im Unglük. — Vergrabe dich unter deine
Güther, verfluchte, gesättigte Habsucht! - - -
und du bist doch elend. —

Vierter Auftritt.
Voriger. Fritz.

Fritz. Straf mich Gott! bist ein Erbar-
mungswürdiges Geschöpf, schlüpf'st aus einem
Winkel in den andern, und wimmerst wie ein armer Bettelbube, der keinen Bissen Brod's hat,
und zu erhalten weiß, seinen Hunger zu stillen.
Nachdem ich deinen Brief gelesen hatte, schlug
schon mein Herz hoch auf, fühlte schon im Schein
die Freuden, die, wie du mir vorschwaztest, mein
warteten; und nun weint der Schaafskopf, und
denkt tief, — säh's wohl auch noch herzlich gern,
wenn ich's auch thät'. Gott weiß, wo du mit
deinen Gedanken umher irr'st. —

Ferdinand. Fritz, Fritz! was für ein Mensch
bin ich! - - - Sieh mich nicht an, du sieh'st einen Unmenschen, in dem nicht das geringste Na-
tur-Gefühl schlug. Wüßtest du nur wenig von
den unmenschlichen Handlungen, die ich handelte:
gewiß,

gewiß, du würdeſt mich verachten, und du biſt
doch ſonſt ein hartherziger Junge. - - -

Friß. Iſt das deutſche Sprache: ſo bin
ich mein Seel'! kein Deutſcher, denn ich ver=
ſteh' ſie nicht. Ich geſteh' dir's frei, ich zweif=
le gar nicht mehr an dem Untergange deines
Verſtandes. — So verwirrt redet gewiß kei=
ner, den man feſſelt und närriſch heiß't. Schrek=
lich! ſo leben zu müſſen, ohne von Vernunft
geleitet zu werden. —

Ferdinand. Ich wünſchte, daß in dieſer
Stunde, da mein Jammer und bittre Reue be=
ginnt, mein Herz auch ſo felſenhart und un=
empfindlich würde, wie das Deinige! ich wür=
de nicht das zu dulden haben. Hingegen wünſch=
te ich, du hätteſt nur den geringſten Grad vom
Gefühl der Menſchheit, und gewiß, du würdeſt
Mitleid mit mir haben, wie man es mit einem
Unglüklichen, der ſo ſehr ſank, hat. - - -

Friß. Hm! du guter Unglüklicher! —
nicht alle, die über Unglük weinen, ſind in ei=
ne Linie zu ſezzen. Denenjenigen, denen das
Geſchik wirkliche Leiden zuſchikt, ſchenke ich mein
ganzes Mitleid; aber die, welche bei jedem klei=
nen Hügel oder Stein, der ihnen auf ihrem
Pfad' aufſtößt, ſogleich zurükbeben, ſich kreuzen
und den Tag, an dem ſie wurden, wohl gar
verfluchen, dieſe, ſag' ich, muß man als Tho=

E 4　　　ren

ren verlachen. — Sie suchen Vollkommenheit, wo doch keine zu suchen ist.

Ferdinand. Aber wenn sich trübe, bittre Leiden auf unsrer Wandrung, wie unübersehbare Gebirge vor uns darstellen, soll man da auch noch frohe, dankende Gedanken an sein Daseyn denken? — Glüklicher! dein Weg war gewiß bis hieher noch eben und gut. —

Fünfter Auftritt.
Vorige. Der Bediente.

Bedienter (zu Ferdinand) Gnäd'ger Herr! wissen Sie etwa schon, was ich Ihnen sagen soll? O ich armer Teufel! (unwillig.) daß man doch mich dazu erkohr, Ihnen die Nachricht zu bringen! Wissen Sie etwa schon? sagen Sie's, Sie ersparen mir warlich eine große Mühe.

Friß. Kerl, du bist gewiß nur seit einer Stunde auf der Welt; wer ist's, mit dem du sprichst?

Bedienter. Er, ganz allein, Er nur ist mein Herr. —

Ferdinand. Still doch! Himmel, ich vermuthe schon - - - schreklich! Gott, so bald schon kommst du mit deiner Rache und Strafe? - - - Ist er tod? tod! —

Be=

Bedienter. Das weiß ich nicht, wen Sie meinen. Junker Karl ist fort, fort über alle Berge. —

Friß. Wohin? wohin?

Bedienter. Das weiß kein Mensch, man wird 's erst erfahren, wenn man ihn wieder gefunden hat.

Ferdinand (faßt den Bedienten wütend an) Kerl! sag', wo er ist, oder ich ermorde dich; sag', rede! daß ich ihm nacheile, und ihn rette von dem Abgrund, in den ihn seine verzweifelnde Seele gewiß stürzen wird. — Rede!

Bedienter. (erschrokken) Ja, töden Sie mich, und ich ersterbe in tiefster Unterthänigkeit; aber mein Seel'! wo Junker Karl ist? kann ich nicht sagen. Ihr gnäd'ger Herr Papa wollte in das Schlafzimmer des Junkers, der schon zu Bett war, gehen, und noch etwas mit ihm sprechen; da kam er mit einem fürchterlichen Geschrei zurük, und sank ohnmächtig in den Stuhl. Ganz Gedankenlos konnte er aber doch wol nicht seyn, denn er rufte oft mit erbärmlicher Stimme: Karl! mein Karl! rettet ihn:

Friß. Komm' Ferdinand, wir wollen mit deinem Vater sprechen, denn das ist ein Kerl ohne Kopf.

(Sie gehen beide ab, der Bediente folgt ihnen.)
(Der Schauplaß wird in einen Kirchhof verwandelt; es schlägt zwölf.)

E 5   Sech-

Sechster Auftritt.

Karl. (auf einem Grabe, von dem er nach einem Begräbniß hin sehen kann in trauriger Stellung)

Dumpf rollt der Laut der Gloke herab, und
traurig hall't er in der Tiefe meiner Seele zehn-
fach wieder. — Ach! es ist die Gloke, die in
jener düstren Stunde, als man den Körper meiner Henriette (sieht nach dem Begräbniß hin) in die
Todten-Gruft hinab senkte, so traurig vom Thurm
herabtön'te. — O der unglüklichen Stunde! - - -
sie sank ins Grab, das Ziel ihres Duldens, und
ich, — ich Armer muß noch wallen ohne sie,
mit der ich so gern entschlummert wäre. —
O Gott! hätte es dir gefallen! - - da izt Angst
und bange Leiden alle Nerven meines Gerippes
durchwühlen. O wie drükend schwer wird mir
die Duldung meines so harten Geschik's! - - -
Blik herab, Henriette! auf deinen armen Karl, —
sieh', sie rollen, die Thränen, aus dem trüben
Auge, hin auf das Grab meiner Mutter, die
uns beide so sehr liebte. — (Eine Pause) Welche Gestalten! - - was für Bilder schreken meine Seele aus dem Dunkel, das sie umhüllt! - - -
O wär's der Tod, der mich durchzittert! komm',
sichle diese welkende Bluhme ab! begrenze die
Leiden eines Unglüklichen! — doch, laß es dir
erst

erst vom Schöpfer befehlen!! -- Henriette!
Henriette! sie sind hart diese Leiden, — wie
lange werde ich sie noch dulden müssen? -- vielleicht noch Jahre -- hu! des Gedankens! ---
(Er wirft sich über das Grab hin) Wäre sie enthüllt,
die düstre Seele, die Wonne dieser Glanznacht
zu empfinden! aber wie er funkelt durch meine
Seele, der Gedanke an ihren Tod! -- Mild blinkt
es, das silberne Mondlicht gieß't seinen Schimmer herab auf die Gräber, in welche verscharr't
sie ruhen die Glüklichen, — schlummern zu dem
Erndte-Tage, wo Edelthaten belohnt werden, wo
Gute, seliges Anschauen, eines Gottes belohnen
wird. — O ich möchte unter die Erde sinken!
auf der so viele Unmenschen die wenigen Guten mit ihren abscheulichen Seelen so sehr verfolgen. — Vater! Vater! durch dich wurd' ich
und du, du Unbarmherziger! schufst mir all das.
— Doch, ich will mich der quälenden Unent-
schlossenheit nicht als einen nichtigen Raub über-
liefern; mich unter dem peinigenden Druk meiner bittern Leiden, mit dem sie mich doch noch
endlich, wenn ich sie auch noch länger dulde,
danieder drüken werden, kräftig und entschlossen
empor schwingen. — (wütend) Und wirst du
Gott! dann mit mir richten, so ziehe auch meinen Vater mit in das Gericht, — er schenkte
mir einen bittern Kelch, den ich leeren sollte,
und nicht konnte, der mir den Tod wirkte. —

Sieh',

Sieh', Vater! (nimmt ein Glas aus der Tasche) ich will deinen grausamen Nachstellungen entrin= nen, und dann, ist anders dein Herz nicht gänz versteinert, dann weine auf meiner Leiche; — aber diese Thränen werden dich brennen und äng= stigen wie Höllengluth. --- Ich vergeb' dir, aber ob es Gott wird? --- Gott! Gott! — (eine Pause) o du Tiefgesunk'ner! was willst du thun! --- (wirft das Glas weg) Gott! nur er ist Schöpfer, nur in seiner Hand ist der Lebensfaden seines Ge= schöpf's. —— Grausamer! Grausamer! --- (er sinkt sinnlos auf das Grab zurük.)

Siebenter Auftritt.

Voriger. Herr von Sternberg. (bleibt in einiger Entfernung stehen.)

Herr v. Sternb. Wüßte ich nur, wo er ist! Aber, Elender! du möchtest bei jedem Schritt zurükbeben, (mit höherer Stimme) denn du verdien= test es, wenn jede deiner Nerven die gröste Höl= len=Marter durchzitterte. — Werde ich ihn auch anbliken können, wenn ich ihn finde? --- wird nicht jeder Blik --- Gott, wo mag er seyn der Unschuldige! (geht einige Schritte umher, endlich er= blikt er seinen Sohn auf dem Grabe) Gott! dort liegt er erstarrt auf'm Grabe. — (geht an das Grab, und wirft sich neben seinem Sohn hin) Karl! mein Sohn! bist tod? -- Himmel! ja er ist
tod!

tod! - - tod! - - - ha! da liegt er erblaßt, der
Engel, den ein Teufel - - - Teufel - - (schlägt sich
vor die Stirn) mordete. — Sieh', jede Miene- -
sie lächelt, aber eben dies Lächeln zeigt dir nur,
an was für einem herrlichen und guten Sohn du,
grausamer Vater! so boshaft gehandelt hast; —
sagt dir, daß du Strafen verdient hast, wie sie
noch keiner verdiente, — die ein Gott erst für dich
schaffen muß. — — (ängstlich und wild) Welche
Schrekbilder! sieh', sie kommen die Teufel, und
werden dich zu denen quälendsten Strafen hinab
schleppen. — Mein Sohn! mein Karl! bitte für
mich! - - Doch du hörst nicht mehr mein Gewinsel-
le, bist bei Gott, der mich verdammen — verdammen wird. - - (Erblikt das Glas, das Karl weg-
warf, und hebt es auf) Diese andere Hälfte des Gift's,
dessen er sich zur Linderung seiner Leiden bediente,
soll auch mich töden, soll diesen nagenden Gewissens-
Jammer zur verdienten Strafe für meine teuflischen
Handlungen umschaffen; — (wütend) soll mich zu
denen Teufeln hinab stürzen. - - - (Trinkt das Gift.)
Wir sterben durch ein tödendes Werkzeug, ich und
du — Teufel und Engel. — Mein Sohn! mein
Sohn! - - abscheulicher Vater! Vater! Er
schwang sich durch seinen Tod in ein unbetrübbares
Licht hinauf, — und ich, ich stürze mich in ein
Jammervolles Labyrinth, dessen ewige schwarze
Martern mich ewig peinigen werden. — Verdient,
Unmensch! verdient! - - - Du öfnetest ihm ein
Grab,

Grab, und ſtürzteſt ihn mit deiner unmenſchlichen Tyrannei, die die verfluchte Habſucht immer mehr anfachte und vergröſſerte, hinein; — aber nun ſieh' den Abgrund, der ſich dir öfnet, — ſieh', wie er unter dir kracht, und dich zur Strafe verſchlingen wird! — O des undurchſchaubaren Labyrinth's, das ſich ſo fürchterlich vorzeichnend in meinem brennenden Gehirn aufſtellt! — ein ewiges Dunkel iſt's, in deſſen unendlichen Irrgängen ich gequält, ewig herumtaumelnd, keinen Ausgang finden werde. — — (Eine Pauſe) Ha, Geiz! Du Vater ſo vieler Uibel, Qvelle aller dieſer unſeligen Folgen! . . . wie viele Väter zollen dir nicht in dieſem Fall auf Koſten des Glük's ihrer armen Kinder! — Es iſt ein dikes Dunkel, das um ihre Augen gewunden iſt; und kömmt auch ſchon ein Vernünftiger, der es ihnen ablöſen will, ſo verlachen ſie ihn doch oft, — es iſt ein Dunkel, das ihrem harten Herz' ſo wohl gefällt. — So war auch ich, ich verlachte in meiner ſchwarzen Seele die Leitungen, die mir der ehrliche Rittmeiſter gab; ließ die Lichtſtrahlen, die er in dies Dunkel ſchieſſen ließ, nicht aufkeimen, vielweniger ſelbiges erleuchten. — Ha, ich fühl' ſchon die Wirkung des Gift's, und bald — bald wird dieſe Tigerſeele dem menſchlich geformten Körper entflieh'n. (Mit wütigen Geberden) Teufel! Teufel! habt Erbarmung mit mir, wenn ich zu euch hinabſtürzen werde! --- an Gottes heiligen Thron

darf

darf so ein Unmensch, wie ich, nicht treten. —
(Entkräftet und mit schwächrer Stimme) O möchtet ihr
es sehen und fühlen, mir gleich unmenschlich han=
delnde Väter! — denkt, daß euch die unschuldigen
Opfer, die ihr euern störrischen Launen aufopfert,
durch ihre Seufzer quälende Marter vom Richter
erseufzen! — — O möchtet ihr doch sehen die Fol=
gen, die mir meine, vom Geiz gewirkte Tirannei ge=
schaft hat! sehen und zurük treten von so einem Ab=
grund, in den euch endlich, habt ihr anders nicht
ganz Tigerseelen, euer Stolz oder scheusliche Hab=
sucht stürzen wird! — — (Immer schwächer) Leben
und Tod! — wie genau seyd ihr mit einander ver=
schwistert! — welch eine große Wichtigkeit liegt in
euch! wie sehr wirkt jenes auf dieses! und p! —
o wie sehr hängt Glük oder Unglük von der Art, wie
jenes ist gehandelt worden, ab! — —

    Karl (blikt auf und sieht seinen Vater) Mein Va=
ter! wer leitete sie hieher? ach! hier ist's so bang
— so traurig! — —

    Herr v. Sternb. Himmel! du lebst, mein
Sohn? bist nicht tod? . . . . Himmel und Hölle!
Engel und Teufel! . . . Leben — Tod — Mord! . . .

    Karl (mit wehmüthiger Stimme) Gottes Mond
schimmert so sanft herab auf uns und die stillen, be=
mosten Gräber der Toden, alles ist so ruhig und
still, — und in Ihrer Seele stürm't 's so, mein
Vater! woher das?

                                        Herr

Herr v. Sternb. Ich sterbe, mein Sohn!... Glük, daß du noch lebst, daß ich dich nicht auch mit mir fortriß aus dem Menschengeschlecht, und dadurch die wenige Zahl der Edlen nicht auch noch verwenigerte. — Lebe und vergieb mir! (weinend) Fluch' mir nicht auch, — sieh', ein Weltrichter hat mir schon geflucht! — O mich Elenden! Elend! Elend!... (Fällt zurük nieder, nur noch gebrochen) Mein Sohn! (ergreift ihn bei der Hand) vergieb... mach' mich durch Rache erflehende... Seufzer... nicht noch mehr sinken....

Karl (bestürzt) Mein Vater! was ist Ihnen?... Jesus, Maria! was ist's? Himmel! er stirbt. — Mein Vater! Vater! Vater!...

Herr v. Sternb. (mit ganz schwacher Stimme) Weine... nicht, mein Sohn... über meinen Abtritt... vom Erdball... auf dem zu leben... ich nicht werth war.... Das Gift, ... das ich trank, tödete mich. Ach! es ist... ein süffer Linderungs=Trank... der quälenden Höllenpein,... die mein bangendes Gewissen so peinigend folterte.... Der Vorhang rollt herab... und dort... eröfnet sich ein Schauplaz... hu! für den ich zittre.....

Karl. Gift?... mein Vater! ach Sie fielen in einen Abgrund, von dem mich noch ein Gedanke an den Allbeherrschenden zurük rief. — Rettet, rettet! — Gott er stirbt. (Eine Pause) Es durch=

durchzittert mich ein Schauer — ein Schauer,
wie ich ihn noch nie fühlte. . . . Sollte es
der . . . . (schwächer) Gott! bist du so gütig? . . .
Es wird alles so hell um mich her, . . . die
Erde schwindet unter mir. Seht! seht! meine
Selige winkt mir --- ihre Palme weht mir
Kühlung, in der Todesangst. — Vater! Vater!
Leben — stirbst — (sinkt zurük)

Achter Auftritt.

Vorige. Ferdinand (kömmt einige Zeit darauf
hastig.)

Ferdinand. Sie lebt! sie lebt: -- Vater!
Bruder! sie lebt! (tritt seinem Bruder näher)
und wird dir, mein Bruder, künftig ganz leben.
In kurzer Zeit flieh't sie in deine Arme, aus denen sie dein Vater — ich will als Kind reden — aus Irrthum riß; — und ich — verzeih', bester Bruder! das Geständnuß einer bösen
Handlung ist dem Uibelthäter hart. — Fühlt
ihr's nicht? --- schrekt euch diese selige Nachricht
bis zur Unfühlbarkeit? Vater! Bruder! lebt! -
Leben! —

Karl. (Wie im Traum) Er ist tod — tod!
Auf was für eine fürchterliche Art sankst du, mein
Vater! (erblikt seinen Bruder) Mein Bruder! sieh',
(zeigt auf seinen Vater) hier ist eine schrekliche,

F   schwarze

schwarze Probe von der Schwäche der unvollkommenen Menschheit. — O, möchte sich Gott unsers Vaters erbarmen! - - - seine Seele entschwang sich ihrer Hülle, aber — aber — ach! ich zittre für die fürchterliche Fortdauer derselben. Hu! es rinnt durch meine Adern — jeder Nerve zittert. . . .

Ferdinand. Träume nicht mehr Unglük, dein Glük ist vollkommen. Ah! die Stürme haben dein Gehirn zerrüttet; aber freu' dich wieder, sie ist dein. —

Karl (bestürzt) Lebt? Henriette? lebt? . . . was ist das?

Ferdinand. Leben und Glük für dich damit verbunden. Ich und unser Vater glaubten, es würde uns durch eine List gelingen, dich von Henrietten abzubringen, wir sagten dir daher, sie sey tod. — Diesen Nachmittag erhielt ich einen Brief von Henriettens Bruder, darinnen er uns meldete, seine Schwester sey an einem Blutsturz gestorben. Das Gewissen wachte in uns auf, und folterte uns mit quälenden Vorwürfen. — In der größten Angst, die die bittre Reue auf mich wirkte, gieng ich herüber zu Henriettens Vater, und dachte mir einigen Trost zu suchen. Der gute Alte weinte bitterlich, da ich mir aber im Gespräch merken ließ, daß unser Vater, wäre nur die vorige Zeit wiederbringlich, seine Gesinnungen

ge-

gewiß geändert hätte: wurde er auf einmal heiter, scherzte und sagte: vielleicht könne man Henrietten noch das Leben wieder geben u. s. w. Endlich entdekte er mir das ganze Geheimniß und sagte: Die Nachricht von Henriettens Tode sey nur eine Erdichtung gewesen, um allem Uibel, das etwa hätte entstehen können, wenn du erführest, daß sie noch lebe, vorzubauen. Er sey dahero gesonnen gewesen, Henrietten, die auch herzlich gern drein gewilliget hätte, in ein Kloster zu thun. —

Karl. Welch ein Glük und Unglük! güt'ger Allvater! Dank!... Aber hier... (zeigt auf seinen Vater) Bruder sieh', er ist tod. Gift raubte ihm sein Leben. — Tod! tod!...

Ferdinand. (äuserst bestürzt) Mein Vater, tod! Gott erbarm sich unser! Himmel!

Herr v. Sternb. (mit ganz leiser Stimme) Kinder — lebt —

Karl. Gott er lebt noch! Komm' Bruder! rettet! Gott! Rettung!...
(laufen beide hastig fort)

Neunter Auftritt.

(Eine Pause von einigen Minuten, dann kömmt)
Herr von Erther (im Schlafrok, seine grauen Haare hängen unordentlich um seinen Kopf her, mit denen deutlichsten Zeichen der innern Bedränglichkeit.)

Vater der Menschheit! sieh'! (faltet die Hände und blikt gen Himmel) Die Kinder ins jämmerlich=

ste

sie Unglük gestürzt, ächzend — schreiend und er,
der Vater erstarrt . . . tod, durch eigne Hand.
Gott! Schöpfer und Vater der Menschheit! ließest
du ihm seine Kräfte und seinen Wirkungskreis so ent=
wikeln, — so sey' ihm auch gnädig dort, wohin
seine Seele geflohen ist! — Richter! richte hier
mit Rüksicht auf Menschenkräfte, die so schwach sind,
und bald erschlaft sinken beim wütenden Druk des
Sturms, der auf sie wirkt. — Er kam, ehe du
ihm riefst, gedrungen von der quälendsten Wirkung
der bittern Reue. — Es wurde seiner Seele zu schwer,
zu dulden, was über ihre schwachen Kräfte gespannt
war. — Was für ein fürchterliches Schrekbild
kann er euch, ihm ähnliche hartherzige Eltern,
seyn! . . . Er opferte seinen besten Sohn seiner stör=
rischen Laune der unersättlichen Habsucht auf, —
und ist nun selbst gesunken unter der marternden Pein
der Gewissensangst, — auf eine Art, für welche
die Menschheit zurükbeben muß. — Seine ergeiz=
ten Schäzze sind von ihm geschwunden, und leer, oh=
ne dem geringsten Nutzen derselben, gieng er von dan=
nen. — O Väter — Mütter seiner Art, rettet
doch eure Kinder durch Erstickung solcher Tirannen
von einem Abgrund, in den ihr sie sonst gewiß stür=
zen werdet! . . . (weint) Diese Thränen, die aus
dem matten Auge über diese gerunzelte, welkende Wan=
gen dahin quellen — ich weine nicht oft — o möch=
ten sie in eure Herzen bringen, möchten einigermassen
löschen die tirannische Gluth, die in euch brennt, und
mit

mit der ihr so oft das Glük eurer Kinder aufzehrt! —
Mein Haar ist grau, schwach sind meine Nerven, und
mit matten Auge blik ich nach dem nahen Grab hin
— aber Gott! muste ich noch so eine schwarze Probe
von der unvollkommenen Menschheit sehen? . . . mu=
ste sehen, daß selbige einer meiner besten Freunde gab?
— Gott, das ist hart! Freund! (sezt sich neben ihn
hin, und nimmt ihn bei der Hand) ich weine dir heisse
Wehmuths=Thränen, sie quellen aus einem freund=
schaftlichen Herz, das dich so sehr liebte, und das, Gott
weiß es! deinen Fall mitleidig beweint; — Gott sey
dir gnädig und vergieb dir! . . . Ewig wird mir dein
Andenken und dein Tod gegenwärtig seyn. — Wenn
ich von dem mächtigen Trost der Religion — du
warst auch gottesfürchtig — von der Zärtlichkeit de=
rer Eltern gegen ihre Kinder — du hattest auch in
den meisten Stüken das beste Vater herz — von gu=
ten Kindern — du hattest sie auch — wenn ich von
allen diesen hören werde, dann soll stets das Andenken
an dich damit begleitet seyn, und eine zitternde Thrä=
ne soll dir rollen — denken werde ich dann: er war
auch gottesfürchtig, zärtlich gegen seine Kinder, war
auch glüklich durch gute Kinder — und — war doch
so unglüklich. — — An diesem Tage jedes Jahr's
sollen deine armen Kinder mit mir an dein Grab
gehen, und eine stille, simpathetische Thräne soll dann
stets das Andenken an dich, Unglüklicher! in uns
erneuern. —

Ende der Handlung.

Epi=

Epilog.

Nur noch ein paar Wörtchen zu Euch, Ihr Mädchen und Jünglinge, die Ihr's leſet, am Schluſſe dieſes Stüks, indem ich Euch ein Gemählde, auf dem vielleicht Einige ihre eig'ne Geſchichte gezeichnet finden können, — kopir't habe. Denn der Herr von Erther ſag't: „und doch, Gott erbarm's! doch hat der Mann ſo viel Brüder. “ Er muß alſo wol einige ſolcher Originale kennen, muß wiſſen, daß viele dergleichen noch zwiſchen Himmel und Erde exiſtiren, denn er iſt ein ehrlicher Mann, und ein ehrlicher Mann lüg't doch niemals gern. —

Vielleicht alſo, meine Lieben, ſind Einige unter Euch, die gute und reine Liebe ſo ganz empfinden machen kann, was für Schmerz Trennung Liebenden macht, und wozu ich hier mit meiner Feder nur einige Kopiezüge gab — geben konnte; vielleicht giebt Euch die Hartherzigkeit eines Vaters, einer Mutter den Schmerz ſo einer Trennung ſelbſt zu empfinden — aber denk't, daß Euer Schikſal in eben den Händen lieg't, in denen das Geſchik Karl's und Henriettens

fiettens war, — in den Händen eines Gottes,
der mächtig genug ist, es glüklich zu wenden,
unglüklich kann er 's nicht, denn er ist ein zu
gut'ger Vater! — Bring't er Euch auch nicht
ganz vor dem Altar verbunden, an das Ziel
dieses Erdenlebens — er eröfnet dort einen
Schauplaz, wo keine Thränen mehr die Freu=
den der Liebe trüben werden, wo Ihr Euch,
war't Ihr gut, gewiß wieder finden werdet. —
Denkt Euch diesen Gedanken richtig und ganz
und er muß Euch tröstend seyn. —

Bei allem, bei Eurer Liebe bitt' ich Euch,
unterdrük't ja den früh'sten Keim einer veräcbt=
lichen Gleichgültigkeit gegen Eure Eltern, wenn
sie Euch so behandeln, — freilich handeln sie
da nicht als Eltern, — wenigstens nicht als
gute und liebreiche; — es sind aber doch Eu=
re Eltern, durch sie wurdet Ihr — blieb't,
und kurz, Ihr seyd Ihnen dennoch den größten
Dank zu opfern schuldig. — Ihr habt 's ge=
sehen, wie 's dem Herrn von Sternberg gieng,
bei Erwachung seines Gewissens . . . . . über
Euch ist noch Einer. — Ihr habt 's gesehen,
wie der brave Karl, so gut und kindlich ge=
sinn't, seinem Vater so herzlich verzieh', — bei
seinem Tode weinte, wie bei dem Tode des be=
sten, gütigsten Vaters. — — Er wurde doch
endlich noch glüklich durch seine Henriette —

und

und Ihr werdet 'ß gewiß auch, arme, unglük=
lich Liebende! hier oder dort!

Nun, meine Herrn Kunstrichter, trete ich
noch zu Ihnen, und empfehle Ihnen dieses
Stük zu einer mitleidigen Kritik — es ist ein
Erstling, und der, der ihn gab, ist noch jung,
kann sich also noch viel beßern. — — Ich
ziehe mich nun wieder zurük in meine Studier=
stube, umschanze mich wieder mit meinem Hip=
pokrates, Galen und Folianten, und laße so
diese Blätter fliegen, wohin sie ein günstiger
oder ungünstiger Wind führen wird. —

www.ingramcontent.com/pod-product-compliance
Lightning Source LLC
Chambersburg PA
CBHW020046030726
47499CB00007B/2605